Ellen Barksdale

Tee? Kaffee? Mord!

DER BESUCH DES LÄCHELNDEN BELGIERS

Aus dem Englischen von Ralph Sander

W0378022

be THRILLED

beTHRILLED

Vollständige ePub-to-Print-Ausgabe des in der Bastei Lübbe AG erschienenen eBooks »Tee? Kaffee? Mord! – Der Besuch des lächelnden Belgiers« von Ellen Barksdale

beTHRILLED in der Bastei Lübbe AG

Copyright © 2018 by Bastei Lübbe AG, Köln

Textredaktion: Dr. Clarissa Czöppan
Lektorat/Projektmanagement: Rebecca Schaarschmidt
Covergestaltung: Kirstin Osenau unter Verwendung von Motiven © shutterstock/SJ Travel Photo and Video, © Mary Ro/Shutterstock, © Protasov AN/Shutterstock/shutterstock, © Tony Brindley/Shutterstock/shutterstock
Satz: 3w+p GmbH, Rimpar (www.3wplusp.de)
Druck: Books on Demand GmbH, Norderstedt

ISBN 978-3-7413-0138-4

www.be-ebooks.de

www.lesejury.de

FSC
www.fsc.org
MIX
Papier aus verantwortungsvollen Quellen
Paper from responsible sources
FSC® C105338

Prolog, in dem ein grausiges Verbrechen geschieht

»Da wären wir«, murmelte die ältere Frau und zog den Blazer ihres Kostüms glatt. Dann strich sie eine Haarsträhne aus dem Gesicht und schob sie unter den Rand ihres leichten Sommerhuts, der sie vor der Sonne schützte. Sie hatte den Kopf leicht eingezogen und stand ein wenig schief da, als wäre die Wirbelsäule verkrümmt. Die Finger waren wegen beginnender Gicht leicht versteift, was man auch trotz der dünnen weißen Handschuhe erkennen konnte, die von einem Modegeschmack längst vergangener Zeiten zeugten. Trotz Brille kniff sie die Augen zusammen, um so mehr von ihrer Umgebung erkennen zu können.

Sie warf einen Blick auf ihre Armbanduhr. Zwanzig nach zehn. Die ältere Frau nickte beruhigt und schaute über den verwitterten Gartenzaun zum Cottage. Sie griff über den Zaun und hob den Riegel hoch, dann drückte sie das Tor auf. Das alles erledigte sie mit rechts, da sie im linken Arm behutsam etwas trug, das in dicke Decken eingehüllt war.

Sie durchquerte den Vorgarten in Richtung Cottage, einem zwar ungewöhnlich ausladenden, dennoch gemütlich wirkenden Gebäude. Das tief heruntergezogene, mit weinroten Schindeln gedeckte Dach und die kleinen Fenster mit ihren Butzenscheiben, die rot und lila blühenden Chrysanthemen und der Gesang von einem Dutzend verschiedener Vogelarten trugen zu dieser Gemütlichkeit genauso bei wie die Bienen, Hummeln und Schmetterlinge, die auf der Wildblumenwiese von einer Blüte zur nächsten flatterten.

Eine getigerte Katze lag auf einer alten Holzbank rechts von der Eingangstür und döste in der Sonne, was eine Amsel nutzte, um aus der Wasserschale zu trinken, die unter der Bank stand und wohl in erster Linie für die Katze gedacht war. Als die Amsel die ältere Frau näher kommen sah, lief sie leise glucksend davon und versteckte sich zwischen zwei Büschen. Hoch über dieser friedlichen Szene zogen Mauersegler laut kreischend ihre Bahnen am Himmel, um die Insekten zu schnappen, die dort oben unterwegs waren.

Die ältere Dame war am Haus angekommen, sah das »Geöffnet«-Schild, das an der Scheibe in der Tür der Antiquitätenhandlung hing, und trat ein. Hinter dieser Tür erstreckte sich ein zwar großzügig bemessener Verkaufsraum, der jedoch so vollgestellt war, dass das Ganze etwas erdrückend wirkte.

An der niedrigen Decke hing eine alte Lampe neben der anderen, sodass man sich im Slalom einen Weg zwischen ihnen hindurch bahnen musste, um sich nicht bei jedem Schritt den Kopf anzustoßen. Der Raum unter den

Lampen war voller antiker Tische, Stühle und Ohrensessel. Schränke säumten die Wände und dienten in unregelmäßigen Abständen auch als Raumteiler. In den Vitrinen der Schränke fand sich eine große Auswahl an Geschirr, Porzellanfiguren sowie Messing- und Zinnbechern. Auf fast jedem Schrank stand eine Uhr, und verschiedentlich waren kleinere Lücken genutzt worden, um Standuhren zu platzieren. Bei einzelnen Schränken waren die Schubladen ein Stück weit herausgezogen worden, um den Blick auf silberne Bestecke freizugeben.

»Guten Morgen«, ertönte eine freundliche Männerstimme. »Wie kann ich Ihnen helfen?«

Die ältere Frau sah sich um und entdeckte den Mann, der sie angesprochen hatte. »Guten Morgen. Sind Sie Mr. Burlington?«

»Stuart Burlington«, bestätigte der Mittfünfziger, dessen schmales Gesicht durch den bereits nach hinten gewanderten Haaransatz wie in die Länge gezogen wirkte. Die lockigen Haare wiesen den gleichen Grauton auf wie der präzise gestutzte Schnauzbart. Burlington trug ein weinrotes Hemd, darüber eine beige Tweedweste und eine Anzughose im gleichen Farbton. Seine Füße steckten in karierten Hausschuhen, die zwar nicht zur übrigen Kleidung passten, aber zweifellos bequemer waren als auf das Gesamtbild abgestimmte Halbschuhe. »Zu Ihren Diensten. Und Sie sind bestimmt ... Miss Moneypenny.«

»Maypeny«, korrigierte sie ihn. »Annabelle Maypeny.«

»Oh, verzeihen Sie.«

Sie lächelte ihn an und rückte die Nickelbrille zurecht. »Das stört mich nicht. Allerdings wäre ich heute sicher eine reiche Frau, wenn ich mein Leben lang für jede ›Miss Moneypenny‹ ein Pfund bekommen hätte. Ach, was rede ich? Ein Schilling wäre auch noch genug gewesen, um reich zu werden.«

Burlington nickte amüsiert. »Das kann ich mir vorstellen, Miss *Maypeny*«, stimmte er ihr zu und betonte den richtig ausgesprochenen Namen mit besonderem Nachdruck. »Was kann ich denn für Sie tun? Wenn ich mich nicht irre, hatten Sie am Telefon nichts Konkretes gesagt.«

»Richtig. Ich wollte nur Ihre Öffnungszeiten wissen und hören, ob Sie heute um halb elf Zeit haben«, sagte sie und legte das Bündel auf einen runden Tisch gleich neben Burlington. »Und zwar geht es um diese Vase.« Sie begann das Objekt aus den Decken zu wickeln. »Ich bin nicht mehr die Jüngste, wie unschwer zu erkennen ist, und ich möchte meiner Familie nicht allzu viel Arbeit machen, wenn ich mal nicht mehr bin.«

»Na, Sie haben aber ganz bestimmt noch viele Jahre vor sich, ehe es so weit ist, dass sich Ihre Erben um den Nachlass kümmern müssen«, meinte Burlington.

»Sagen Sie das nicht. Sie können jetzt noch quicklebendig neben mir stehen und trotzdem in zehn Minuten tot umfallen«, warnte sie ihn. »So etwas weiß man nie. Außerdem traue ich meinen Erben ehrlich gesagt nicht zu, dass sie zu schätzen wissen, welche Vermögenswerte ich ihnen hinterlasse. Meine Befürchtung ist, dass sie einen Entrümpelungsdienst kommen lassen, der alles wegschaffen soll, damit sie meine Wohnung übernehmen können.« Sie zuckte mit den Schultern. »Da verkaufe ich lieber jetzt, was ich habe, lasse es mir noch etwas besser gehen als üblich und beschenke ganz gezielt die Verwandten, die ich mag.«

»Eine vernünftige Einstellung«, sagte der Händler. »Da werden einige Leute aber dann ein dummes Gesicht machen, meinen Sie nicht auch?«

»Genau genommen werden sie ein noch dümmeres Gesicht machen«, antwortete Miss Maypeny und lächelte dabei verschmitzt. »Das dumme Gesicht haben sie nämlich schon von Geburt an.« Sie schlug die letzte Decke zur Seite, zum Vorschein kam eine bauchige Vase, die gut dreißig Zentimeter hoch war. Ein Mosaik in Türkis und Blau bildete den Hintergrund für einen Harlekinkopf, der so realistisch gemalt war, dass er dem Betrachter entgegenzuspringen schien. »Aber wenigstens ist das hier kein dummes Gesicht«, ergänzte sie und zeigte auf den Harlekin.

Burlington schüttelte ungläubig den Kopf. »Das ist eine venezianische Harlekinvase aus der Mitte des 19. Jahrhunderts«, murmelte er. »Die ist … Wissen Sie, dass die ein Vermögen wert ist?«

»Nun, sie ist zumindest mehr wert als die fünfzig Pfund, die mir dieser Betrüger daheim in Manchester geben wollte«, sagte Miss Maypeny. »Das ist ein Erbstück von meinem italienischen Urgroßvater, die Vase war immer in Familienbesitz. Daher habe ich keine Ahnung, ob sie ›nur‹ fünfhundert oder vielleicht sogar tausend Pfund wert ist. Aber ich bin nicht so naiv zu glauben, dass ein Händler nicht mehr als fünfzig Pfund dafür bezahlen kann, weil er selbst höchstens hundert Pfund verlangen kann.« Sie machte mit der Hand eine ausladende Geste. »Sie haben ja wenigstens richtige Antiquitäten, nicht diesen Trödel. Daheim in Manchester gibt es eine Handvoll von diesen Geschäften, aber da habe ich gleich wieder die Flucht ergriffen, weil einem dieser entsetzlich muffige Geruch schon einige Meter vor dem Eingang entgegenschlägt.«

Burlington nickte verständnisvoll. »Ja, ich weiß, das sind diese Trödler, die einfach alles ankaufen und in große Hallen stellen, die noch nie gelüftet worden sind und die auch nie gelüftet werden. Und dann lagern sie auch noch tonnenweise alte Zeitungen und Bücher. Das alles zieht Feuchtigkeit, und nach kurzer Zeit entsteht dieser Mief, der sich an und in allem festsetzt. Kaufen Sie da mal einen Schrank. Den können Sie monatelang lüften, den Geruch sind Sie dann immer noch nicht los. Von den Büchern will ich gar nicht erst reden. Da liegen manchmal wirklich kleine Schätze rum, aber wer will die kaufen, wenn er sie anschließend einschweißen muss, damit nicht die ganze Wohnung nach einem einzigen falsch aufbewahrten Buch mieft? Diese Räume hier sind klimatisiert, hier wird regelmäßig gelüftet. Da kann so etwas nicht vorkommen, wie Sie ja sicher schon gemerkt oder besser gerochen haben dürften.«

»O ja, das ist ein Unterschied wie Tag und Nacht.«

Er betrachtete wieder die Vase. »Wie sind Sie eigentlich auf mich aufmerksam geworden, wenn Sie aus Manchester stammen?«

»Einer meiner Neffen lebt hier in der Nähe«, erklärte sie. »Wir hatten telefoniert, dabei kam das Gespräch auf das, was bei mir daheim als Antiquitätenhandlung firmiert, und dabei erwähnte er Ihr Geschäft, und er sagte, er sei von Ihnen sehr gut beraten worden und könne Sie nur empfehlen. Er hat mich eben hier abgesetzt und holt mich wieder ab, wenn wir hier fertig sind.«

Burlington schaute erfreut drein. »Es geht halt nichts über zufriedene Kunden. Wir …«

Ein leiser Gong ertönte, dann folgte ein etwas lauterer, irgendwo setzte ein Glockenspiel ein. Burlington hielt den Finger hoch, um Annabelle Maypeny anzuzeigen, dass sie einen Moment warten solle. Gleichzeitig meldeten sich immer mehr Uhren im Verkaufsraum pünktlich zur halben Stunde, manche mit einem einzigen Glockenschlag, andere mit der Melodie des Big Ben, während wieder andere einen kurzen Marsch anstimmten. Nach einer halben Minute kehrte wieder Ruhe ein.

Miss Maypeny zog verdutzt die Augenbrauen hoch. »Das war wohl der Beweis, dass alle Ihre antiken Uhren immer noch auf die Minute genau gehen, wie?«, fragte sie und zwinkerte ihm zu.

Bevor er etwas erwidern konnte, ging die Tür auf, und ein Paketbote kam herein. »Morgen, Mr. Burlington. Hier kommt Ihr Paket.«

Burlington stutzte. »Ich habe doch gar nichts bestellt«, wandte er ein.

»Wenn Sie nichts bestellt haben, dann haben Sie offenbar eine Verehrerin, der Sie fünfzehn Pfund Zuschlag für minutengenaue Lieferung wert sind. Immerhin ist der Inhalt ja auch mit zusätzlich tausend Pfund versichert.«

Der Händler schüttelte den Kopf. »Minutengenaue Lieferung?«

»Ja. Zustellung heute zwischen 10.30 und 10.40 Uhr. Ich musste extra meine übliche Route ändern, um nicht zu früh und nicht zu spät zu sein.« Der Paketbote zuckte mit den Schultern und scherzte: »Im schlimmsten Fall ist da eine Bombe drin, und der Attentäter ist so rücksichtsvoll, nicht meinen Wagen in die Luft jagen zu wollen.«

»Das ist nicht witzig«, knurrte Burlington. »In der heutigen Zeit jedenfalls nicht.«

Der Bote verzog das Gesicht zu einem zerknirschten Ausdruck, der jedoch nicht so richtig zu überzeugen vermochte.

»Sie und Ihre Kollegen tun mir so leid«, warf Miss Maypeny ein, als wollte sie schnell das Thema wechseln.

»Leid? Wieso, Miss …?«

»Maypeny. Annabelle Maypeny«, erwiderte sie und erklärte: »Na ja, Sie werden den ganzen Tag mal hierhin, mal dorthin geschickt, Sie sind immer in Eile, und dann stellt sich wie jetzt heraus, dass der Absender auch noch

Termindruck auf Sie ausübt, obwohl der Empfänger nicht mal weiß, dass etwas für ihn unterwegs ist. Da fragen Sie sich doch bestimmt, ob das nicht nur Schikane ist.«

Der Paketbote zuckte beiläufig mit den Schultern. »Ehrlich gesagt, solche Gedanken mache ich mir erst gar nicht. Das würde ohnehin zu nichts führen.« Er hielt Burlington ein Tablet hin, auf dem er ihn mit seinem Stift den Empfang bestätigen ließ. »Schönen Tag noch.« Dann verließ er die Antiquitätenhandlung.

Miss Maypeny deutete auf das Päckchen, das Burlington in der Hand hielt. »Ich nehme an, Sie wollen erst einmal herausfinden, was Ihnen da so Wichtiges geschickt worden ist.«

»Nein, nein«, wehrte er ab. »Bei mir kommt der Kunde an erster Stelle. Wenn diese Paketboten nicht wirklich so in Eile wären, wie sie es nun mal sind, müssten selbst die warten, bis ich mich Ihrem Anliegen gewidmet habe.«

Er ging hinter seinen Schreibtisch, tippte etwas in den Computer ein, dann zog er einen dicken Katalog aus dem Regal zu seiner Rechten und begann zu blättern. Zwischendurch warf er einen Blick auf die Vase, schüttelte wie in Gedanken den Kopf und suchte weiter.

»Haben Sie eigentlich auch Münzen?«, erkundigte sie sich. »Meine Enkelin sammelt nämlich Münzen, und ich überlege, ob wir einen Teil des Werts in Münzen tauschen können. Vielleicht können Sie mir ja ein wenig entgegenkommen.« Sie schaute sich suchend um. »Wenn Sie mir sagen, in welcher Vitrine ich die finden kann, dann würde ich sie mir schon einmal ansehen, während Sie noch das tun … was Sie da tun.«

»Die Münzen sind alle sicher im Tresor verstaut«, antwortete er beiläufig, da er vorrangig damit beschäftigt war, die Informationen zu sichten, die in dem dicken Katalog und im Internet aufgelistet waren.

Miss Maypeny ließ ihn gewähren und ging in die Ecke, in der Burlington alles zusammengetragen hatte, was es in seinem Geschäft an Möbeln und Accessoires aus Fernost zu kaufen gab. Über einer flachen, rot lackierten Kommode hing eine Auswahl Samuraischwerter, von denen sie das zuunterst aufgehängte aus seiner Halterung nahm. Sie betrachtete die makellose Klinge, indem sie sie gegen den Sonnenschein hielt, der durch ein Fenster hinter dem Schreibtisch in den Verkaufsraum fiel.

Burlington räusperte sich, was so klang, als müsste er ihr etwas Unerfreuliches zum Wert der Vase sagen. Etwas Unerfreuliches in dem Sinne, dass sie nicht mal die fünfzig Pfund wert war, die man ihr in Manchester geboten hatte.

»Sagen Sie, können Sie eigentlich nachweisen, dass diese Vase seit Generationen in Familienbesitz ist?«, fragte er schließlich.

»Warum fragen Sie? Gibt es ein Problem?«, wollte sie wissen.

Der Händler winkte ab. »Nein, das ist weiter kein Problem«, versicherte er ihr, klang aber nicht sehr überzeugend. »Erst einmal muss ich den Preis feststellen, und dann müssen Sie auch mit meinem Kaufangebot einverstanden sein, bevor wir uns mit dieser Frage befassen.«

»Ich hätte da einen anderen Vorschlag«, sagte Miss Maypeny.

»Einen anderen Vorschlag?«, fragte Burlington verwundert und wandte den Blick von seinem Monitor ab. Das Letzte, was er bewusst wahrnahm, war das Bild der älteren Frau, die mit einem Samuraischwert nach ihm ausholte. Er spürte, wie die kalte Klinge ihn berührte, dann folgte ein so brutaler Schmerz, dass Burlington das Bewusstsein verlor und auf seinem Stuhl in sich zusammensackte.

Miss Maypeny stand da, wartete ein paar Minuten, bis sie Gewissheit hatte, dass der Mann sich nicht mehr rührte. Sie hängte das Samuraischwert zurück an die Wand, wischte aber das Blut nicht ab. Dann nahm sie den Schlüsselbund, der vor Burlington auf dem Schreibtisch lag, ging nach vorn und schloss die Eingangstür ab. Sie kehrte zum Schreibtisch zurück, trat um ihn herum und ging vor dem alten schwarzen Tresor in die Hocke, der hundert Jahre oder älter zu sein schien und von den alten Möbelstücken umgeben auf den ersten Blick gar nicht auffiel. Der Tresorschlüssel am Bund war schnell gefunden, und genauso schnell hatte sie den Tresor geöffnet. Darin befanden sich mehrere Schmuckschachteln, außerdem zwei Ordner mit Münzen, aber die konnte sie nicht gebrauchen. Schließlich stieß sie auf ein etwas größeres Ledermäppchen. »Das dürfte es sein«, murmelte sie und zog den Reißverschluss auf. Ein Blick in die Mappe ließ ihre Augen aufleuchten. Sie steckte die Mappe in die Vase, wickelte diese wieder in die zahlreichen schützenden Decken ein und ging zur Tür. Dort drehte sie das »Geöffnet«-Schild um, damit es »Geschlossen« anzeigte, schloss nach dem Verlassen des Ladens die Tür hinter sich ab und warf den Schlüsselbund unter die Bank gleich daneben.

Die Katze auf der Bank hob träge den Kopf und sah Miss Maypeny mit zusammengekniffenen Augen an. »Du solltest heute besser ein paar Mäuse fangen, Schätzchen«, empfahl Miss Maypeny ihr. »So bald wird dir nämlich niemand einen vollen Fressnapf hinstellen.« Die Katze gab ein grimmiges Miauen von sich, wohl weil sie sich in ihrer Ruhe gestört fühlte, dann legte sie sich wieder auf die Bank und streckte sich genüsslich.

Mit der Vase im Arm und vorsichtigen Tippelschritten machte sich die ältere Frau dann wieder auf den Weg …

Erstes Kapitel, in dem Nathalie neue Bekanntschaften schließt und jemand eine grausige Entdeckung macht

»Heute Abend komme ich mit meiner Kamera her, und dann machen wir das Ganze noch mal, dann aber professionell«, sagte Bill Purvis, als er mit Nathalie zusammen vom Black Feather zum Parkplatz ging.

»Meinen Sie wirklich, dass das nötig ist?«, fragte sie. »Auf den Handyfotos sieht man doch ganz gut, um welche Möbelstücke es geht.«

»Genau da irren Sie sich, Miss Ames«, erwiderte der Mann und blieb stehen, um den Wagenschlüssel aus der Hosentasche zu ziehen. »Sie sehen das so, weil Sie diese Möbel kennen. Wenn Sie sich das Foto anschauen, dann sehen Sie in Wahrheit gar nicht das Foto, sondern Sie sehen vor Ihrem geistigen Auge das Bild von Ihrem Schrank, das Sie sich eingeprägt haben. Sie wissen, was auf dem Foto zu sehen ist. Jeder andere sieht nur das Foto, und das zeigt ein paar alte Möbel, die so keiner nehmen wird.«

Nathalie hob abwehrend die Hände. »Sie sind der Fachmann, Mr. Purvis.«

»Sagen wir ... um sieben Uhr? Passt Ihnen das?«

»Ja, sieben Uhr klingt gut. Falls etwas dazwischenkommt, rufe ich Sie an«, versprach sie ihm und verabschiedete sich.

Purvis ging zu seinem knallroten Toyota-Pick-up und stieg ein. Nathalie wollte in den Pub zurückkehren, da bemerkte sie aus dem Augenwinkel, dass jemand auf sie zukam. Sie drehte sich um und sah Louise Cartham, ihre Köchin und rechte Hand für alles, was das Black Feather betraf – und noch mehr. Denn als ehemalige Agentin eines nach wie vor namenlosen Geheimdienstes – »es wäre ja kein Geheimdienst mehr, wenn ich Ihnen den Namen sagen würde«, so Louise – verfügte sie über die ungewöhnlichsten Kontakte. Dank dieser Kontakte und dank eines bemerkenswerten Archivs, das Nathalies Tante ihr zusammen mit der Kombination aus Pub, Café und Pension vermacht hatte, war es ihnen beiden in den letzten Monaten gelungen, gleich drei Verbrechen aufzuklären und die Täter zu überführen.

Die Verbrechensbekämpfung und -aufklärung fiel eigentlich in die Zuständigkeit von Constable Ronald Strutner, der von Louise jedoch als »trottelig« bezeichnet wurde. Nathalies Tante hatte an dem Mann aber einen Narren gefressen und ihn bei seiner Polizeiarbeit tatkräftig unterstützt, um zu verhindern, dass er versetzt wurde, sobald einer seiner Vorgesetzten merkte, wie miserabel seine Aufklärungsquote war. Allerdings wurde Nathalie den Verdacht nicht los, dass Strutner gar nicht so begriffsstutzig war, sondern bloß so tat, weil er gemerkt hatte, dass ihre Tante ihm zur Seite stand. Nathalie hatte zwar in dieser Hinsicht die Nachfolge ihrer Tante angetreten, aber langfristig wollte sie schon versuchen, Strutner ein wenig mehr in Richtung Selbständigkeit zu lenken. Es würde sich dann ja zeigen, ob sie mit ihrer Vermutung richtiglag.

»Louise, was schauen Sie so grimmig drein?«, fragte Nathalie, als die Köchin vor ihr stehen blieb. »Ist Ihnen eine Laus über die Leber gelaufen?«

»Kann man so sagen«, antwortete Louise und zog das schwarze T-Shirt mit dem martialischen Iron-Maiden-Motiv darauf gerade. Verrutscht war es durch ihre Schultertasche, die sie jetzt neben sich abgestellt hatte. Der flotte Kurzhaarschnitt machte Louise trotz ihrer grauen Haare um viele Jahre jünger, und das T-Shirt in Kombination mit einer roten Lederhose ließen jede Schätzung noch mal um zehn Jahre nach unten gehen. »Gollaston ist nicht aufgetaucht.«

»Wahrscheinlich hat ihm Ihre Rockerbraut-Aufmachung Angst gemacht«, gab Nathalie grinsend zurück. »Aber ist elf Uhr morgens nicht sowieso etwas sehr früh für ein Date?«

»Für einen Brunch wäre elf Uhr morgens die perfekte Zeit. Aber ich hatte kein Date mit ihm.«

»Sondern?«, fragte Nathalie.

»Gollaston ist Jimmy Gollaston. Der Kartoffelbauer«, führte Louise geduldig aus. »Er kommt immer dienstags auf den Marktplatz, um Kartoffeln zu verkaufen.«

»Ach ja, stimmt. Dienstags, wenn kein Markt ist«, sagte sie nachdenklich. »Ich habe immer noch nicht verstanden, warum er nicht am eigentlichen Markttag kommt, so wie alle anderen Händler auch.«

Louise rieb sich den Nacken, ächzte leise und nahm die Sonnenbrille wieder runter, die sie nach oben in ihre

Haare geschoben hatte. »Weil er am Markttag Standgebühren bezahlen muss, an den anderen Tagen aber nicht. Sie wissen schon, der Fehler in der Gemeindeordnung, auf den er aufmerksam geworden ist.«

»Hat man den Schreibfehler denn nicht inzwischen korrigiert?«, wunderte sich Nathalie.

»Ja, aber Gollaston genießt eine Art Bestandsschutz.« Louise verzog den Mund. »Sowenig das den anderen Händlern gefällt, darf Gollaston an jedem Tag außer am Markttag seine Kartoffeln verkaufen. Nur ausgerechnet heute war er nicht da, obwohl er mir versprochen hatte, diese neue Sorte mitzubringen … also eigentlich eine alte Sorte.«

»Eine alte Sorte?«, wiederholte Nathalie irritiert. »Er verkauft doch keine alte Ware, oder …?«

Louise sah sie erstaunt an. »Natürlich nicht. Es geht um alte Sorten, die vor fünfzig oder hundert Jahren angebaut wurden und die dann durch neue Sorten verdrängt wurden, weil die beispielsweise robuster oder pflegeleichter sind. Das gibt es bei allen möglichen Obst- und Gemüsesorten, vor allem bei Äpfeln. Da werden heimische Sorten von den importierten verdrängt, und nach einer Weile geraten die alten Sorten in Vergessenheit. Haben Sie denn davon wirklich noch nie etwas gehört?«

»Vergessen Sie nicht, ich habe bis vor ein paar Monaten in der Stadt gelebt«, betonte Nathalie. »Da wird regelmäßig alles verdrängt, was von gestern ist. Wer soll da noch etwas von hundert Jahre alten Kartoffelsorten wissen?«

»Das hatte ich tatsächlich schon vergessen.« Sie klopfte Nathalie auf die Schulter. »Da sehen Sie doch mal, wie gut Sie sich schon hier eingelebt haben. So gut, dass mir gar nicht mehr auffällt, dass Sie bis vor Kurzem noch ein Stadtmensch waren.« Louise betrachtete sie voller Stolz. »Sie haben sich wirklich gemacht.«

Ein Hupen ließ sie beide aufhorchen, und als sie sich in Richtung Parkplatz umdrehten, sahen sie, wie Purvis ihnen beim Wegfahren zuwinkte. Nachdem sie beide sekundenlang überlegt hatten, das Thema anzuschneiden, sagte schließlich Louise: »Reden wir doch zur Abwechslung mal nicht von meinem geplatzten Date, sondern von Ihren stattfindenden Dates, die sich offenbar immer dann abspielen, wenn ich das Haus verlasse. Vor Kurzem noch Rob Dinkmore, der das Black Feather restaurieren sollte, und heute Bill Purvis, der mit Gebrauchtmöbeln handelt. Was läuft da wirklich, Miss Ames?«, fragte sie und schlug zum Spaß einen herrischen Tonfall an. »Sie verheimlichen mir doch etwas.«

»Ach, das war alles ganz spontan«, erklärte sie und deutete auf einen freien Tisch auf der Terrasse. »Setzen wir uns doch.« Nachdem sie beide Platz genommen hatten, begann Nathalie zu erzählen: »Purvis kam heute Morgen ins Café, um sich seine Thermoskanne mit Kaffee füllen zu lassen, so wie sonst auch. Allerdings hatte ich gestern Abend noch einen Anruf erhalten ...«

»Von wem?«, warf Louise ein.

»Jetzt warten Sie doch, Louise«, bettelte Nathalie und musste lachen. »Sie haben immer die tollen Geschichten aus Ihrer Zeit als ... als Staatsdienerin ... oder als mutmaßliche Staatsdienerin, so genau weiß ich das noch immer nicht ... egal, auf jeden Fall will ich auch mal ein bisschen Spannung in das bringen, was ich zu berichten habe.«

Die ältere Frau nickte lächelnd. »Da haben Sie recht. Ich werde Sie nicht noch mal unterbrechen.«

»Danke. Also, dieser Anruf gestern Abend hat mich die halbe Nacht wachliegen lassen, und als ich heute Morgen Purvis hereinkommen sah, dachte ich mir, ich frage ihn einfach mal.«

Sie hielt inne und betrachtete Louise, die vornübergebeugt auf ihrem Stuhl saß und es nicht erwarten konnte, endlich die ganze Geschichte zu erfahren.

»Ich wollte von ihm wissen, ob die Möbel meiner Tante noch irgendetwas wert sind oder ob man sie nur rausschaffen und zur Deponie fahren sollte.«

»Die Möbel Ihrer Tante? Sie wollen …?«

»Louise!«, warf sie gedehnt ein.

»Ich habe nichts gesagt, keinen Laut habe ich von mir gegeben«, flüsterte sie hastig.

»Sehen Sie, es hat sich eine Situation ergeben, die von mir in zwei Punkten eine Entscheidung verlangt. Je nachdem, wie meine erste Entscheidung ausfällt, muss ich mir überlegen, was ich mit der Wohnungseinrichtung mache. Ich kann sie behalten, aber ich kann sie auch abholen lassen. Natürlich verbinde ich alles, was in der Wohnung steht, mit meiner Tante, und ich weiß nicht, ob ich nicht das Gefühl bekommen werde, meine Tante aus ihrem Zuhause zu verbannen. Andererseits komme ich mir in ihrer Wohnung vor wie in einem Museum. Ich habe das Gefühl, ein Besucher zu sein, der ja nichts anfassen sollte, weil er sonst vom Museumswächter eins auf die Finger bekommt.«

Als sie etwas länger schwieg, hob Louise die Hand und begann zu reden, als Nathalie zustimmend nickte: »Wenn Sie nicht wissen, ob Sie irgendetwas wegwerfen dürfen, warum stellen Sie sich nicht einfach die Frage, was Ihre Tante gewollt hätte? Glauben Sie, Henrietta hat Ihnen das alles vererbt, damit Sie sich bis in alle Ewigkeit so vorkommen, als wären Sie nur zu Besuch? Denken Sie nicht, Henrietta hätte von Ihnen erwartet, dass Sie das Black Feather als Ihr Eigentum betrachten und auch entsprechend damit verfahren, anstatt einfach nur das Erbe zu verwalten und hier niemals auch nur eine Kleinigkeit zu verändern?«

Nathalie nickte nachdenklich. »Ja, das sage ich mir auch. Ich hatte ja zuerst mit dem Gedanken gespielt, wenigstens das eine oder andere Teil noch für die Pension zu verwenden, aber das konnte ich gleich wieder vergessen. Die Zimmer sind ja alle so ungünstig geschnitten, dass nichts von Henriettas Sachen da oben Platz hätte – außer unsere Gäste sollen über einen Sessel klettern, um ans Bett zu kommen. Deswegen habe ich auch den Schritt gewagt, Purvis anzusprechen, damit er sich die Einrichtung ansieht.«

»Und, wie ist sein Urteil ausgefallen?«

Sie zuckte leicht mit den Schultern. »Es ist nichts, was zur Deponie gebracht werden sollte, denn es ist alles noch in einem guten Zustand, jedenfalls für das Alter der Möbel. Er will die Einrichtung ein paar von seinen Kunden anbieten, aber dazu muss er ihnen gute Fotos zeigen, damit sie sich einen Eindruck davon verschaffen können. Sein Handy reicht dafür bloß nicht aus, deshalb kommt er heute Abend noch mal her und bringt dann seine gute Kamera mit, um professionelle Fotos zu schießen.«

»Das heißt, Sie trennen sich auf jeden Fall von Henriettas Möbeln, und ich soll Sie beim Neukauf begleiten und beraten, richtig?«

»Nein, ich … ich werde die Möbel aus meiner eigenen Wohnung herbringen lassen.«

Louise sah sie ungläubig an. »Sie geben Ihre Wohnung in Liverpool auf? Ich dachte, Sie wollten erst einmal sehen, ob Sie wirklich hierbleiben möchten.« Erfreut lächelnd fragte sie dann: »Was hat Sie zu der Erkenntnis gebracht, dass Sie nicht erst ein Jahr warten müssen, um sicher zu sein, was Sie machen wollen? Wer hat Sie gestern Abend angerufen?«

»Glenn.«

»Ihr Ex-Freund? Der Glenn mit der Landluft-Allergie?«

»Eher eine Landluft-Phobie«, erwiderte Nathalie.

»Und was hat er Ihnen erzählt, dass Sie jetzt endgültig die Flucht ergreifen?«, fragte Louise argwöhnisch.

Nathalie winkte ab. »Ich ergreife nicht die Flucht. Und er hat mir auch nicht irgendetwas Schlimmes erzählt. Er hat einen potenziellen Käufer für meine Wohnung gefunden, der lieber heute als morgen den Kaufvertrag unterschreiben möchte. Das ist *die* Gelegenheit für mich, wer weiß, ob ich jemals wieder so viel Geld für meine Wohnung bekomme.«

»Und da ist kein Haken an der Sache?«

»Jedenfalls nicht für mich. Im Gegenteil: Der Käufer zahlt gut zwanzig Prozent mehr, als ich eigentlich für die Wohnung haben will.«

»Warum?«

»Weil Glenn ein so überzeugender Verkäufer ist«, sagte Nathalie. »Er hatte sogar dreißig Prozent aufgeschlagen und den Käufer handeln lassen. Der freut sich jetzt, dass er einen Nachlass bekommen hat, und ich freue mich, denn ich bekomme mehr für meine Wohnung.«

»Und Glenn? Freut der sich, dass er Sie jetzt los ist, oder …? Ich meine, welche Absicht hat er damit verfolgt?«

»Tja, Louise«, antwortete Nathalie. »Das habe ich ihn auch gefragt, und ich gehe davon aus, dass Sie genauso erstaunt sein werden wie ich. Er wollte mich nicht loswerden, er war bloß zu der Überzeugung gelangt, dass ich ohnehin nicht nach Liverpool zurückkehren würde, und er fand, ich brauche einen Tritt in den Hintern, um jetzt für klare Verhältnisse zu sorgen, anstatt das nur immer weiter vor mir herzuschieben.« Sie seufzte leise.

»Als er mir das gesagt hat, wurde mir klar, dass er recht hat. Ich habe diesen Tritt gebraucht, weil ich eigentlich hier hingehöre. Ich brauche keine Wohnung in der Stadt für den Fall, dass ich hier wieder wegwill. Ich will gar nicht mehr hier weg.«

Louise nickte anerkennend und tätschelte Nathalies Hand. »Ich bin beeindruckt, nicht nur von Ihnen, sondern auch von Glenn. Jeder redet bei einer Trennung davon, dass man Freunde bleiben wird, aber das klappt nur selten. Ihr Glenn scheint eine von den seltenen Ausnahmen zu sein. Sie können sich glücklich schätzen.«

Nathalie verzog ein wenig betrübt den Mund. »Das macht es bloß umso schwerer, nicht mehr mit ihm zusammen zu sein. Aber dann sage ich mir, dass wir vielleicht dazu bestimmt sind, nur gute Freunde zu sein, aber weiter nichts.«

»Wenn Sie das ›nur‹ streichen, stimme ich Ihnen zu, Nathalie«, sagte Louise mit ungewohnt ernster Miene. »Gute Freunde zu haben ist ein Segen. Glauben Sie mir, ich weiß, wovon ich rede. In meinem früheren … Job, da war es überlebenswichtig, wenigstens ein oder zwei gute Freunde zu haben, von denen ich wusste, dass ich mich auf sie wirklich verlassen konnte. Hätte ich damals beim Falschen geglaubt, mich auf ihn verlassen zu können, dann hätte ich womöglich den nächsten Tag nicht mehr erlebt.«

Nachdenklich zog Nathalie eine Augenbraue hoch. »Ich versuche gerade, mir vorzustellen, wie das sein muss, wenn man niemandem vertrauen kann … wenn man nicht weiß, ob der Paketbote tatsächlich der Paketbote ist oder ob er eine Bombe abliefert oder einen erschießt, wenn man die Tür aufmacht … wenn man nicht weiß, ob jemand hinter einem steht, der einem irgendein Gift spritzt, sobald er unbeobachtet ist …« Sie schüttelte bedächtig den Kopf. »Ich glaube, das kann ich nur erahnen, aber hineinversetzen … nein, ich glaube nicht.«

Louise lächelte sie versonnen an. »Wenn Sie sich das nicht vorstellen können, dann werden Sie noch weniger erahnen können, wie es ist, wenn man selbst dieser Paketbote ist … oder wenn man diese Giftspritze in der Hand hält.«

Nathalie erschrak. »Haben Sie etwa …?«

»Ich habe nicht gesagt, dass ich mich in diese Rolle hineinversetzen kann«, sagte Louise, was wieder einmal so klang wie die Antwort eines Orakels – so wie fast immer, wenn Nathalie versuchte, etwas Konkretes aus dieser Frau herauszubekommen.

»Aber …«, begann Nathalie, doch da kam jemand zu ihnen an den Tisch. Es war Miss Beresford, eine ältere Dame aus Earlsraven, die zu den vielen Stammgästen des Black Feather gehörte.

»Ach, wie schön, dass ich Sie beide hier antreffe«, sagte Miss Beresford und begann, in ihrer Handtasche zu wühlen. »Ich habe Ihnen nämlich etwas mitgebracht.«

»Sagen Sie nicht, dass Sie schon wieder einen von diesen netten Briefen erhalten haben«, gab Nathalie zurück und deutete mit einer knappen Kopfbewegung auf den freien Stuhl.

Miss Beresford nahm Platz und legte einen Umschlag auf den Tisch. »Ich habe wieder ein Dankeschön erhalten.«

»Schon wieder? Das ist doch jetzt schon das … sechste Mal«, sagte Louise.

»Das siebte Mal«, korrigierte Miss Beresford sie. »Und das hier ist für Sie beide, wie ich es Ihnen versprochen habe. Tun Sie wie üblich etwas Gutes damit, oder gönnen Sie sich selbst auch mal etwas.« Sie lächelte verschmitzt in die Runde. »Es wird ja bestimmt nicht der letzte Umschlag sein.«

Nathalie warf einen Blick hinein und sah im Betragsfeld des Schecks eine schwungvoll geschriebene »10.000« stehen. Seit ans Licht gekommen war, dass ausgerechnet der eigene Enkel die ahnungslose Miss Beresford benutzt hatte, um in ihrer Wohnung gestohlene Gemälde zwischenzulagern, wurde mindestens einmal im Monat einer der vielen Käufer aufgespürt, in deren Auftrag die Diebstähle begangen worden waren. Während diese Leute vor Gericht gestellt wurden, kehrten die Gemälde zu ihren eigentlichen Eigentümern zurück, von denen sich einige mit einem großzügigen Scheck bei Miss Beresford bedankten.

Nathalie und Louise hatten darauf beharrt, dass der Betrug nur durch Miss Beresfords gute Beobachtungsgabe aufgefallen war, was allein schon notwendig gewesen war, um den Constable nicht bloßzustellen. Schließlich war dieser lange Zeit der Meinung gewesen, dass die alte Miss Beresford sich das alles nur einbildete und niemand bei ihr irgendwelche Bilder austauschte. Erst durch die Beweise, die Nathalie und Louise zusammengetragen hatten, war er von seiner Haltung abgerückt und hatte sich mit dem Fall eingehender beschäftigt. Dass Miss Beresford nun von den glücklichen Kunstliebhabern mit Geld fast schon überhäuft wurde, war ein gerechter Ausgleich dafür, dass man ihr so lange Zeit kein Wort geglaubt hatte.

Den Anteil, den sie davon aus freien Stücken Nathalie und Louise überließ, leiteten die beiden an eine Tierklinik einige Meilen südlich von Earlsraven weiter, die sich für verletzte Wildtiere engagierte, für deren Behandlung niemand zahlte.

»Wer ist eigentlich der elegante Gentleman da drüben?«, fragte Miss Beresford und deutete mit einer kaum wahrnehmbaren Kopfbewegung auf den Mann am Nebentisch.

Nathalies Blick wanderte ein Stück nach links und erfasste den Mann, der schätzungsweise Mitte fünfzig war, aber so gekleidet war, als wäre er gut ein Jahrhundert früher geboren. Er trug einen hellen graublauen Anzug, zu dem auch eine Weste in der gleichen Farbe gehörte, dazu ein weißes Hemd mit einem Stehkragen, der so gestärkt zu sein schien, dass Nathalie allein vom Hinsehen der Hals wehtat. Die dunkelblaue Fliege saß makellos, so wie auch alles andere an diesem Mann, der seinen hellgrauen Hut bislang nicht abgenommen hatte. Alles musste aus einem sehr leichten Stoff geschneidert worden sein, da dem Mann nicht eine einzige Schweißperle auf der Stirn stand. Das Markanteste an ihm war der kleine Schnauzbart, dessen sorgfältig gezwirbelte Enden nicht ganz bis zu den Mundwinkeln reichten. Dieser Schnauzbart war genauso schwarz wie die buschigen Augenbrauen und die exakt geschnittenen Koteletten – so pechschwarz, dass sie sehr wahrscheinlich gefärbt waren. Fast so auffällig wie der Schnauzbart waren die Schuhe, schwarze Lackschuhe mit … schneeweißen Gamaschen.

Sein wachsamer Blick ging in Richtung Parkplatz, als würde der Mann auf jemanden warten, der von dort kommen musste.

»Gamaschen?«, murmelte Louise verwundert, nachdem sie den Mann unauffällig gemustert hatte. »Das einzige Mal, dass ich irgendwo Gamaschen gesehen habe, war in *Manche mögen's heiß*. Wer um alles in der Welt trägt heute noch Gamaschen?«

»Da sitzt die Antwort auf Ihre Frage«, erwiderte Nathalie amüsiert.

»Wo bekommt man heute überhaupt noch Gamaschen?«, wunderte sich Miss Beresford.

»Ach, ich glaube, in der Savile Row findet sich immer

noch irgendein Herrenausstatter, der so etwas beschaffen kann«, antwortete Louise und sah zu Nathalie. »Und wer ist das? Haben Sie eine Ahnung? Findet hier irgendwo vielleicht ein Casting für einen Gangsterfilm statt, der in den Dreißigerjahren spielt?«

Nathalie zuckte mit den Schultern. »Cathy sagt, dass er heute Morgen mit dem Taxi hier angekommen ist und für eine Übernachtung eingecheckt hat. Er scheint nichts erwähnt zu haben, was seine Aufmachung angeht, zumindest hat Cathy dazu nichts gesagt.«

»Wenn das Taxi ein DeLorean war, dann hat er eine Zeitreise unternommen, um herzukommen«, meinte Louise und lachte leise.

»Vielleicht ist er ein bezahlter Killer, der hier auf sein Opfer wartet«, flüsterte Miss Beresford in verschwörerischem Tonfall.

»Kein Profikiller würde sich so auffällig kleiden. Aber er scheint tatsächlich auf jemanden zu warten«, überlegte Nathalie, während der Mann einen Schluck Wasser trank.

Was dann geschah, war ein Stilbruch, den keine von ihnen erwartet hätte. Der Mann warf einen Blick auf die Taschenuhr, die an einer goldenen Kette befestigt war, und schob sie zurück in die speziell dafür vorgesehene Westentasche. Gleich darauf griff er in die Innentasche seines Jacketts, und zum Vorschein kam … ein Smartphone.

Das Ding wirkte in seiner Hand so fehl am Platz, dass Nathalie fast aufgesprungen und an seinen Tisch gestürmt wäre, um ihm das Smartphone aus den Fingern zu reißen. Wie konnte er nur?

»Das ist ja fast so wie auf dem Mittelaltermarkt in Thorpe, wo alles stilecht auf Mittelalter getrimmt wird und dann jeder Selfies schießt«, sagte Louise und schüttelte den Kopf. »Aber vielleicht hat er einen guten Grund, sich so anzuziehen.«

Der Mann tippte auf sein Smartphone, dann hielt er es ans Ohr, aber derjenige, den er erreichen wollte, meldete sich offenbar nicht. Er legte das Telefon auf den Tisch, schüttelte den Kopf und sah wieder in Richtung Parkplatz. Dann öffnete er den kleinen Aktenkoffer, der vor ihm auf dem Tisch lag, nahm eine Aktenhülle heraus und las, was auf dem obersten Blatt geschrieben stand. Wieder schüttelte er den Kopf, während er die dünne Mappe zurück in den Aktenkoffer legte.

»Vielleicht hat ihm ja jemand einen Streich gespielt und ihm gesagt, er soll heute um elf Uhr in dieser Verkleidung hier auftauchen, und dann bekommt er hunderttausend Pfund geschenkt«, gab Miss Beresford zu bedenken. »Wir wissen doch alle, auf welche verrückten Ideen die Leute vom Fernsehen kommen …«

»… und wir wissen, zu welchem Blödsinn sich viele Zuschauer verleiten lassen, wenn sie Geld wittern«, führte Louise den Satz zu Ende.

»Ladys, Spekulationen bringen uns nicht weiter«, erklärte Nathalie. »Dieser Mann hat sich womöglich im Lokal geirrt und weiß es nur nicht. Und möglicherweise sitzt im Final Straw in Bleachgrove die Liebe seines Lebens und fragt sich, wo er bleibt.« Sie stand auf.

»Wollen Sie jetzt etwa Amor spielen?«, fragte Louise amüsiert.

»Wenn schon, dann bitte Amorine«, gab sie zurück und zwinkerte ihrer Köchin zu. Sie überquerte den Mittelgang zwischen den Tischreihen der Terrasse und näherte sich dem Mann mit Hut. »Entschuldigen Sie, Mister …«

Der Gast hob ruckartig den Kopf und sah sie erstaunt an. *»Oui, Mademoiselle?«*

»Ähm … ich bin Nathalie Ames, mir gehört das Black Feather«, redete sie leicht stockend weiter, da der forschende Blick des Mannes sie irritierte, was an den leuchtend blauen Augen liegen musste, die durch die dichten schwarzen Augenbrauen noch stärker betont wurden. »Ich möchte nicht aufdringlich erscheinen, aber mir ist aufgefallen, dass Sie wohl auf jemanden warten. Ich … ähm … na ja, ich habe Sie hier noch nie gesehen, und ich wollte mich nur vergewissern, ob Sie hier auch wirklich richtig sind. Sie verstehen?«

»*Oh, oui, Mademoiselle Ames*«, antwortete er mit einem unüberhörbaren französischen Akzent. »Isch bin 'ier richtig, das 'abe isch noch einmal überprüft. Aber der Mann, mit dem isch mich 'ier verabredet 'abe, ist seit einer 'alben Stunde überfällig, und isch beginne mir Sorgen zu machen, ob ihm etwas dazwischengekommen ist. Isch kann ihn nicht erreichen, dabei 'aben wir gestern früh noch telefoniert, und da 'at er den Termin bestätigt, aber nun …« Er zuckte mit den Schultern. »Isch werde wohl weiter warten müssen.«

»Tja, dann kann ich Ihnen nur viel Glück wünschen, dass Sie nicht den weiten Weg vergeblich gemacht haben. Ich nehme an, Sie kommen aus Frankreich, richtig?«

»Nicht la France, sondern la Belgique, Mademoiselle.«

»Oh, verzeihen Sie, Mister … oder besser gesagt Monsieur …«, erwiderte sie freundlich lächelnd.

»Peroux«, sagte er, stand auf, nahm ihre Hand, verbeugte sich und gab ihr einen Handkuss. »'ector Peroux.«

»Hector Peroux?«, wiederholte sie verdutzt und bemerkte, dass der Mann in sitzender Pose etwas größer gewirkt hatte. »Für einen Moment dachte ich, Sie würden Hercule Poirot sagen. An ihn erinnern Sie mich nämlich, wie mir jetzt gerade auffällt.« Sie hielt einen Moment inne. »Ich … ich hoffe, ich habe Sie nicht beleidigt.«

»*Au contraire, Mademoiselle*«, versicherte er ihr und lächelte besänftigend. »Sie 'aben mir vielmehr eine Ähre erwiesen.«

»Eine Ähre?«, fragte sie verdutzt.

»*Une honneur*«, erklärte er. »Das heißt doch Ähre, oder nicht?«

»Ach, Sie meinen eine Ehre«, sagte Nathalie. »Ich muss mich erst an Ihren Akzent gewöhnen, entschuldigen Sie.«

»Eeehre«, wiederholte er und zog die erste Silbe in die Länge, wohl um ein Gefühl für die Betonung zu bekommen. »*Très bien.* Vielleicht können Sie mir ja doch 'elfen. Wissen Sie, wo isch das Geschäft von Monsieur Burlington finde?«

»Burlington? Sie meinen den Antiquitätenhändler?«

»*Oui*«, bejahte er nachdrücklich. »Wir wollten uns 'ier treffen, weil Monsieur Burlington mich von den … wie sagte er … von den Vorzügen der britischen Küche überzeugen wollte …« Er hob in einer hilflosen Geste die Hände. »Isch 'abe keine Ahnung, wie er das anstellen wollte, *mais oui* …«

Während er redete, hörte Nathalie, dass Louises Telefon klingelte, einen Moment später begann sie, beschwichtigend auf den Anrufer einzureden. Obwohl Nathalie kein Wort verstehen konnte, spürte sie, dass irgendjemandem etwas Schlimmes zugestoßen war. Sosehr sie das auch ablenkte, versuchte sie doch, sich auf Monsieur Peroux zu konzentrieren.

»Ich kann Ihnen zwar erklären, wo sich Mr. Burlingtons Geschäft befindet, aber Sie sind doch mit dem Taxi hergekommen.«

»*Oui*, vom *gare* … vom Bahnhof in … wie 'ieß der Ort noch gleich? Ah, ja, 'esterfield.«

»Dann sind Sie ohne Wagen hier …«, überlegte sie.

»Monsieur Burlington wollte mich mitnehmen. Isch kann 'ingehen, wenn Sie mir den Weg aufzeichnen«, versicherte Peroux ihr.

»Sehen Sie, Monsieur Peroux, sein Geschäft wäre nicht weit entfernt, wenn man auf schnurgeradem Weg hingehen könnte. Aber die Straße verläuft um verschiedene Felder herum, sodass Sie mindestens eine Stunde brauchen würden. Wenn dann sein Geschäft auch noch geschlossen sein sollte, weil er vielleicht krank ist, wären Sie nicht nur diese eine Stunde vergebens unterwegs gewesen, Sie müssten ja auch wieder herkommen. Sie sollten besser ein Taxi nehmen. Das dauert dann aber mindestens zwanzig Minuten, bis der Wagen hier sein wird. Oder … wissen Sie was?«, sagte Nathalie. »Wenn Sie ein paar Minuten warten wollen, dann kann ich Sie hinfahren, und falls Sie dann vor einer verschlossenen Tür stehen sollten, kann ich Sie gleich wieder mitnehmen.«

»Das würden Sie machen?«

»Das würde ich lieber machen, als heute Nacht eine groß angelegte Suchaktion zu starten, weil Sie nicht mehr zurückgekommen sind.«

Peroux lächelte amüsiert. »Da müssen Sie sich keine Sorgen machen, *ma chère*, 'ector Peroux verläuft sich nie.«

»Nun, Hector Peroux hat wahrscheinlich auch noch nie versucht, sich mitten auf dem englischen Land zu orientieren«, konterte sie und zwinkerte ihm zu. »Keine Angst, ich will nicht Ihren Orientierungssinn anzweifeln, aber mir ist wohler bei dem Gedanken, Sie hin- und zurückzufahren.«

Er nickte zustimmend. »Wenn das so ist, sage ich natürlich nicht *Non.*«

Nathalie drehte sich um und sagte: »Louise, ich fahre mit unserem Gast mal schnell rüber zu Burlingtons Geschäft. Ich bin in einer halben Stunde wieder da, sonst rufe ich an.«

»Dann komme ich mit«, erklärte Louise. Nachdem sie Nathalies fragenden Blick bemerkt hatte, fügte sie hinzu: »Das war gerade unsere Megan. Sie hat eben ihren Onkel tot aufgefunden.«

Nathalia sah sie fragend an. »Ich glaube nicht, dass ich weiß, wer Megans Onkel ist.«

»Stuart Burlington.«

Zweites Kapitel, in dem Nathalie und Louise unerwartete Hilfe bei der Spurensuche bekommen

»Tot sagen Sie?«, fragte Peroux und horchte auf, als hätte man einem Opernfan eine Jahreskarte für die Royal Albert Hall geschenkt. Dann zog er skeptisch die Augenbrauen zusammen. »'atte er einen … *accident?*«

»So viel habe ich aus Megan nicht rausbekommen«, antwortete Louise. »Sie klang ziemlich aufgelöst. Ich vermute, sie denkt nicht mal daran, Ronald anzurufen, damit er sich da umsieht.«

Nathalie bemerkte den irritierten Gesichtsausdruck von Monsieur Peroux. »Stimmt irgendetwas nicht?«, fragte sie.

Der Mann winkte ab. »Nein, alles in Ordnung,

Mademoiselle Ames. Es ist nur so, dass ein Toter immer das Interesse von 'ector Peroux weckt. Aber isch will Sie nicht mit Fragen über'äufen.«

»Wenn Sie uns etwas fragen wollen, dann tun Sie das einfach«, forderte sie ihn mit einem Lächeln auf.

»Isch dachte nur, wenn es ein … *un meurtre* war …«

»Mord? Meinen Sie das?«, hakte Louise nach.

»*Oui, Mademoiselle.*« Peroux nickte bedächtig. »Ein Mord.«

»Wie kommen Sie darauf, dass jemand Burlington ermordet haben könnte?«, fragte die Köchin. »Wissen Sie irgendetwas?«

Er hob abwehrend die Hände. »Isch weiß gar nichts«, versicherte er ihr. »Isch vermute und kombiniere lediglich. Sie müssen wissen, dass Monsieur Burlington im Besitz einer Sache ist, die möglicherweise sehr wertvoll ist. Deshalb wollte er auch meine Expertise 'aben. Und Sie müssen wissen, isch bin eine *expert* auf diesem Gebiet. Ganz zu schweigen davon, dass isch in erster Linie Privatdetektiv bin.«

»Tatsächlich?«, staunte Nathalie. »Dann hat Poirot bei Ihnen ja wirklich einen nachhaltigen Eindruck hinterlassen.«

»*Non, non, Mademoiselle Ames*«, stellte Peroux klar. »Isch war bereits als Privatdetektiv tätig, als isch auf 'ercule Poirot stieß. Er 'at mich sehr beeindruckt. So sehr, dass isch eigentlich seinen Namen annehmen wollte, um seinem Wesen nä'er zu sein. Aber damit waren die Erben von Agatha Christie nicht einverstanden, sie drohten mir mit 'o'en Schadensersatzforderungen, sollte isch als Poirot meine Dienste anbieten. Nach einigem 'in und 'er hat dann der zuständige Richter entschieden, dass 'ector Peroux weit genug von 'ercule Poirot entfernt ist, damit es nicht zu Verwechslungen kommen kann. Sie müssen wissen, dass isch anfangs kein sehr guter Detektiv war, und isch 'abe dann begonnen, all die großen Kriminalautoren zu lesen, um 'erauszufinden, was einen guten Detektiv ausmacht. Poirot war derjenige, der mich am meisten fasziniert 'at … wie man mir deutlich ansehen kann, *oui?*«

»Na ja, wenn Sie auch so gut sind wie Poirot, dann ist das jedenfalls nicht die falsche Inspirationsquelle«, meinte Louise. »Wenn Sie sich Frank Drebin zum Vorbild genommen hätten, sähe das natürlich ganz anders aus.«

»Frank Drebin?«

»Der Polizist, der in *Die nackte Kanone* ermittelt. Haben Sie die Filme nicht gesehen?«

Peroux schüttelte den Kopf. »Das sagt mir nichts.«

Nathalie grinste ihn an. »Wenn es Ihnen nichts sagt, dann sollten Sie das besser auch nicht nachholen. Sonst legen Sie sich noch ein paar schlechte Angewohnheiten zu.«

Der Mann zuckte flüchtig mit den Schultern. »Wenn diese … Sache echt ist, von der Monsieur Burlington sprach, dann ist er … war er im Besitz eines Vermögens. Isch vermute, dass er noch andere Fachleute befragt hat, um sich ganz sicher zu sein, bevor er diese Sache einem Auktionshaus übergibt, und nun wollte er zum Abschluss das Urteil von 'ector Peroux 'ören, um über jeden Zweifel er'aben zu sein.« Er verzog missmutig den Mund. »Wenn sich 'erumgesprochen 'at, was er momentan besitzt, sind einige Leute sicher sehr neidisch geworden und 'aben womöglich versucht, ihm diese Sache zu entwenden. Und dann wäre ein Mord nicht ausgeschlossen.«

»Was für eine Sache ist das?«, wollte Nathalie wissen.

»Isch würde lieber erst überprüfen, ob es tatsächlich so ist, bevor isch … wie sagt man bei Ihnen? Die Pferde schlau mache?«

»Scheu mache«, berichtigte Nathalie ihn.

»*Ah, oui*«, sagte er und nickte ihr zu. »Und wenn Sie die Frage erlauben … wer sind diese Personen … Ronald und Megan?«

»Megan arbeitet für mich hier im Black Feather«, erklärte sie. »Und Ronald ist Constable Ronald Strutner, unser zuständiger Polizist für Earlsraven und Umgebung.« Während sie redete, hörte sie, dass Louise bereits den Constable anrief.

Nachdem Louise das Gespräch beendet hatte, sagte sie zu Nathalie: »Ronald macht sich auf den Weg, aber ich vermute, wir werden vor ihm da sein, wenn wir jetzt zu Burlington fahren.«

»Mr. Peroux, wollen Sie uns begleiten?«, fragte sie den Mann, der von seinem ganzen Erscheinungsbild her hundert Jahre zu spät gekommen zu sein schien.

»Sie fahren zum Tatort?«, fragte er verwundert. »Sind Sie auch Polizistinnen?«

»O nein«, wehrte Louise ab. »Wir unterstützen nur den Constable, wenn Not am Mann ist.«

Nathalie konnte sich ein Lächeln nicht verkneifen, als sie Louise reden hörte. Mit ihrer immensen Sammlung an Daten über alles und jeden hatte Tante Henrietta nicht nur das Werk ihrer Vorgängerin fortgeführt, sondern es noch ausgeweitet. All das hatte sie dann Nathalie vererbt. Damit war mehr als bloße Unterstützung möglich, weil sich anhand der Notizen häufig stichhaltige Beweise liefern ließen, um einen Straftäter zu überführen. Sie sah sich schon in diesem geschickt getarnten Raum im ersten Stockwerk des Black Feather über eine der unzähligen Listen gebeugt sitzen, die einem mit einem ausgeklügelten System helfen würden, alles über Burlington zusammenzusuchen, was jemals in Verbindung mit ihm notiert worden war. Sollte er tatsächlich ermordet worden sein, würden sie dort womöglich den entscheidenden Hinweis finden, um den Täter zu überführen.

»*Ah, bien.* Isch wollte nur vermeiden, dass isch im Weg stehe, während Sie ermitteln.«

»Nein, Mister Peroux, kommen Sie ruhig mit«, versicherte ihm Nathalie. »Ein Augenpaar mehr sieht auch mehr. Außerdem sind Sie ja darauf eingestellt, auf die kleinen Dinge ganz besonders zu achten … so als Detektiv.«

»Vor allem auf die kleinen Dinge, Mademoiselle Ames, *vor allem* auf die kleinen Dinge.«

Eine Viertelstunde später bog Nathalie in den Hof hinter Burlingtons Geschäft ein und ließ den Wagen ausrollen, bis er neben dem Gebäude zum Stehen kam. Als sie ausgestiegen waren, setzte Peroux seinen Hut wieder auf, den er hatte abnehmen müssen, um ihn nicht am Wagenhimmel zu verbeulen.

»So fährt es sich also in einem Dacia … Duster«, sagte er, nachdem er den Schriftzug auf der Heckklappe betrachtet hatte.

»Und, wie fanden Sie's?«, fragte Nathalie grinsend.

»Es war … eine Erfahrung, die man wenigstens einmal im Leben gemacht 'aben sollte«, antwortete er und wurde gegen Ende so leise, dass Nathalie sich nicht sicher war, ob er noch etwas gemurmelt hatte oder nicht.

Sie zog amüsiert eine Augenbraue hoch. »Ihnen ist doch klar, dass ich weiß, dass Sie sich soeben vor einer Antwort auf meine Frage gedrückt haben, nicht wahr, Mister Peroux?«, sagte sie in einem unüberhörbar ironischen Tonfall.

»Isch 'abe eine diplomatische Antwort gegeben, wenn Sie das meinen«, gab der Mann zurück und klang dabei ein wenig pikiert, als würde es ihm nicht gefallen, für seine unterschwellige Kritik von ihr aufgezogen zu werden.

Sie zwinkerte ihm zu. »Sie haben einfach zu viel Poirot gelesen, ist doch logisch.« Mit einer Kopfbewegung deutete sie auf ihren Wagen. »Ich weiß auch, dass das kein SUV von Jaguar oder Mercedes ist, aber das macht mir nichts aus. Wissen Sie, ich habe gemerkt, dass ich hier auf dem Land einen geländegängigen Wagen brauche. Aber ich möchte nicht sechzigtausend Pfund für einen Luxus-SUV ausgeben, wenn ich mit den gleichen morastigen Stiefeln einsteige wie hier und mir dabei den edlen Teppich ruiniere …«

»Nun, man kann eine schützende Matte darüberlegen, dann passiert so etwas nicht«, gab Peroux zu bedenken.

»Richtig, und diese Matte sieht genauso aus wie die, die in meinem Dacia liegt.«

»Aber darunter …«, setzte er an.

»Darunter könnte der gleiche teure Teppich sein«, sagte sie. »Solange Sie ihn nicht sehen, können Sie nicht wissen, ob er da ist oder nicht.«

Peroux hob flüchtig die Schultern an. »Ja, vielleicht 'aben Sie damit ja recht. Isch bin es eben nur nicht gewöhnt, so zu denken, wenn es um mich selbst geht. Isch würde einem Jaguar immer den Vorzug geben, ganz besonders vor einem Dacia.«

Sie nickte kurz und bedeutete ihm dann, ihr zu folgen. »Kommen Sie, wir sollten uns ansehen, was hier passiert ist.«

Louise kam zu ihnen und reichte jedem ein Paar Einweghandschuhe. »Ihnen muss ich bestimmt nicht erst noch erklären, warum wir die tragen müssen«, meinte sie und zwinkerte ihm zu, was Peroux sichtlich irritierte.

»Nein, das müssen Sie wahr'aftig nicht, Mademoiselle, isch …« Er unterbrach sich und zog sein Smartphone aus der Innentasche seines Jacketts, sah auf das Display. »*Oh, excusez-moi.* Ich muss diese SMS umgehend beantworten.«

»Wir gehen schon mal vor«, entschied Nathalie und zog Louise hinter sich her.

»Was für ein komischer Kauz«, meinte die Köchin kopfschüttelnd, nachdem sie das seitliche Tor zum Garten vor dem Geschäft passiert hatten und außer Hörweite waren. »Wie kommt man nur auf die Idee, sich zum Poirot-Doppelgänger zu machen?«

»Na, als Markenzeichen ist es doch eigentlich ganz originell«, fand Nathalie. »Und falls er nicht so gut ist, wie er vorgibt, färbt es auf Poirot nicht ab, weil sie ihm den Namen nicht zugestanden haben. Ah, da ist Megan.«

Die junge Frau saß auf der Bank neben der Eingangstür, die offen stand. Von drinnen war das Schlagen zahlreicher Uhren zur halben Stunde zu hören. Megan spielte mit der rechten Hand mit einer langen roten Haarsträhne, während sie mit links die Katze streichelte, die sich ihr quer über den Schoß gelegt und alle Pfoten weggestreckt hatte. Die Augen kniff sie fest zu, dabei schnurrte sie genüsslich.

Megan, die eine Jeanslatzhose und ein gelbes T-Shirt trug, saß da und starrte vor sich hin. Sie hatte die Ankunft von Nathalie und den anderen noch nicht bemerkt.

Unmittelbar über ihr hatten es sich drei Spatzen auf dem Rand der Regenrinne bequem gemacht, um von dort aus die Katze im Auge zu behalten.

»Hallo, Megan«, sprach Nathalie sie an und hockte sich vor ihr hin. »Wie geht es Ihnen?«

»Ich weiß nicht«, murmelte sie kaum hörbar. »Ich habe so was noch nie gesehen. Wie geht es Leuten, wenn sie so etwas zum ersten Mal sehen?«

»Vermutlich so wie Ihnen«, sagte Nathalie mitfühlend. »Sie sind schockiert und fragen sich, warum so etwas passieren musste, richtig?«

»Ja … und ich frage mich, wer so was macht«, fügte Megan leise hinzu.

Nathalie und Louise sahen sich an. Das klang definitiv danach, dass Burlington nicht bloß tot umgefallen war und irgendwo in seinem Geschäft lag, sondern dass es eindeutige Hinweise auf ein Verbrechen gab. »Megan, Louise und ich würden gern reingehen und nach Ihrem Onkel sehen. Können wir Sie für ein paar Minuten hier draußen allein lassen?«

»Ich bin ja nicht allein«, entgegnete sie. »Oscar passt auf mich auf.«

»Wo ist Felix?«, fragte Louise. »Die zwei sind doch sonst unzertrennlich.«

»Sein Bruder hat sich da drüben unter der Hecke in den Schatten gelegt«, sagte Megan und deutete vage nach rechts. »Ich nehme die beiden dann gleich wieder mit zu mir. Sie waren ja nur hier, um Urlaub zu machen.«

»Ja, machen Sie das, Megan«, stimmte Louise ihr zu. »Ich werde Ihren Freund anrufen, damit er Sie abholt.«

Nathalie wartete, bis Megans Freund Bescheid wusste. »Er sagt, er wird spätestens in einer halben Stunde herkommen«, sagte Louise an die junge Frau gewandt, dann folgte sie Nathalie nach drinnen.

Als sie den hinteren Teil des Ladens erreichten, genügte ein Blick auf Burlington, um zu wissen, dass er tatsächlich einem Mord zum Opfer gefallen war. »Jemand hat ihm die Kehle durchtrennt«, sprach Louise das

Offensichtliche aus. Der Antiquitätenhändler saß auf seinem Stuhl, der Kopf war nach hinten weggekippt, und einzig die Tatsache, dass er ein weinrotes Hemd trug, ließ den Anblick nicht annähernd so blutig erscheinen, wie er eigentlich war.

Louise ging um den Tisch herum, während sie ihre Einweghandschuhe anzog, und betrachtete die klaffende Wunde und die Sitzposition des Mannes. »Entweder hat er den Angriff gar nicht kommen sehen, oder erst so spät, dass er die Hände nicht mehr hochreißen konnte.« Sie stellte sich hinter Burlington, dann rechts neben ihn, schließlich wieder links von ihm. Dabei bewegte sie die rechte Hand mal in die eine, mal in die andere Richtung, als versuchte sie, irgendetwas nachzuvollziehen. Dann nickte sie. »Der Täter hat vor ihm gestanden, da bin ich mir ganz sicher. Hätte er das hinter ihm stehend gemacht, würde dieser Schnitt anders aussehen.«

Nathalie zog skeptisch eine Augenbraue hoch. »Sollte ich Sie jetzt fragen, woher Sie das wissen?«

»Kein Grund zur Sorge«, versicherte die Köchin ihr. »Nicht jeder Agent hat zwangsläufig schon mal jemanden eliminieren müssen.«

Nathalie verkniff sich den Kommentar, dass Louise ihr eigentlich keine konkrete Antwort gegeben hatte. Es gab Dinge, die sie lieber nicht wusste, und so gern sie etwas mehr über die geheimdienstliche Vergangenheit ihrer Köchin erfahren hätte, wollte sie gleichzeitig so wenig wie möglich darüber wissen, ob sie wohl auch eine Lizenz zum Töten besessen hatte und wie oft sie von dieser Lizenz Gebrauch gemacht hatte.

»*Mon dieu*«, ertönte eine Stimme von links.

Nathalie drehte den Kopf zur Seite und sah, dass Peroux zu ihnen gestoßen war. Er stand da und legte den Kopf schräg, während seine Augen hin und her zuckten, um jedes Detail des Toten und seiner Umgebung aufzunehmen.

»'aben Sie ihn bewegt?«, fragte er besorgt.

»Nein, nein, wir haben noch gar nichts angefasst«, sagte Louise in einem Tonfall, der verriet, dass ihr wiederum Peroux' Tonfall nicht gefiel, da etwas Vorwurfsvolles unterschwellig darin mitschwang. »Das ist nicht unser erster Toter, müssen Sie wissen, Mister Peroux. Natürlich dürften Sie einige dutzend Mordopfer Vorsprung vor uns haben, aber wir sind keine Anfänger.«

»Louise hat nur schon festgestellt, dass der Mörder ihn von vorn angegriffen haben muss«, ging Nathalie dazwischen, um den Detektiv von der nächsten spitzen Bemerkung abzuhalten, damit sich da gar nicht erst etwas hochschaukeln konnte.

»Das ist offensichtlich«, sagte Peroux mit einem leicht ungeduldigen Schulterzucken. »Die Frage ist, wo 'at der Täter gestanden? Stand er neben Monsieur Burlington und 'at nach der Tat den Stuhl 'erumgedreht, um uns zu verwirren, oder 'at er auf dieser Seite des Schreibtischs gestanden?«

Nach einem Blick auf die Ausmaße des Tischs schüttelte Nathalie den Kopf. »Dann müsste der Täter schon ein Orang-Utan sein, um über diesen Tisch hinweg mit einer Klinge bis an Burlingtons Hals heranzukommen.«

»Oder«, erwiderte der Belgier, »die Klinge war umso länger. Vielleicht ein Säbel oder …« Er drehte sich um und ließ den Blick durch den Verkaufsraum schweifen, auf einmal sagte er: »Oder eines von diesen dort.«

Louise und Nathalie schauten in die Richtung, in die er zeigte, und sahen die Samuraischwerter, die an der Wand hingen. Nathalie ging näher heran, dann wurde sie auch schon fündig. »Hier. Das dürfte getrocknetes Blut sein.« Sie deutete auf den vorderen Teil der Klinge des Schwerts, das ganz unten hing. Drei ähnliche Schwerter waren darüber an der Wand festgemacht. Sie nahm eines der anderen Schwerter von der Halterung, ging zum Schreibtisch und streckte die Arme aus, um die Klinge auf den toten Mann zu richten.

»Ja, das dürfte passen«, sagte Louise. »Wenn man damit ausholt, kann man eine Person treffen, die sich hier auf der Seite befindet. Vor allem, wenn diese Person so überrumpelt wird, dass sie nicht mehr reflexartig zurückweichen kann.«

»Was machen Sie denn da?«, schallte eine vertraute, aufgeregte Stimme durch das Geschäft.

Constable Strutner war eingetroffen. »Hallo, Constable«, erwiderte Nathalie und hielt das Schwert noch einen Moment länger vor sich ausgestreckt, dann nahm sie es runter. »Das sieht viel leichter aus, als es tatsächlich ist.«

An Strutner gewandt sagte Louise: »Du bist ja schon hier, Ronald.«

»Ja«, kam eine mürrische Antwort. »Ich war wider Erwarten schneller fertig.«

»Das sollte doch eigentlich ein Grund zur Freude sein«, wandte Nathalie ein.

»Nicht, wenn man bei Keepsborough in der Schlange steht und einem ein anderer Kunde die letzten drei Marzipantörtchen wegschnappt«, warf Louise erklärend ein.

»Louise!« Strutner sah sie an, sein Gesicht lief im gleichen Moment vor Verlegenheit und Verärgerung rot an, weil er ertappt worden war.

Nathalie hielt sich dezent die Hand vor den Mund, damit er nicht sah, wie es ihr misslang, sich ein Grinsen zu verkneifen.

»Sie sind ein Bobby?«, fragte Peroux in die plötzlich eingetretene Stille hinein. Louise und Nathalie rissen die Augen auf und schnappten beide nach Luft, als sie Strutners Blick sahen, der langsam und bedrohlich zu Peroux wanderte.

»Nein, ich bin Constable«, sagte er betont freundlich und betrachtete den Fremden von Kopf bis Fuß. »Und wer sind Sie, dass Sie sich hier am Tatort aufhalten? Dr. Watson?«

»Nein, wäre isch einer der beiden, dann *naturellement* Sherlock 'olmes«, konterte der andere Mann. »Mein Name ist Peroux. 'ector Peroux.«

»Ector?«, wiederholte der Constable.

»Er meint ›Hector‹«, warf Nathalie erklärend ein. »Er ist Privatdetektiv.«

»Jawohl, isch bin Privatdetektiv, wie Mademoiselle Ames soeben ganz richtig gesagt 'at.«

»Wieso können Franzosen eigentlich kein H sprechen?«, wunderte sich der Constable.

»Das müssen Sie schon die Franzosen fragen, isch bin Belgier«, betonte Peroux.

»Aber ... Sie sprechen doch Französisch«, beharrte Strutner irritiert.

»Isch spreche Wallonisch, das ist ein Unterschied.«

»Aber ein H können Sie auch nicht sprechen.«

»Das ist eine Gemeinsamkeit«, machte der Detektiv ihm klar.

»Und wo sind die Unterschiede?«

Peroux winkte ab. »Isch wüsste gar nicht, wo isch anfangen sollte. Gestohlen 'aben sie uns unsere wunderschöne Sprache und daraus das banale Französisch gemacht.« Er schüttelte sich. »'aben Sie schon mal einen Franzosen reden 'ören?«

Strutner überlegte kurz. »Ich habe mal *Willkommen bei den Sch'tis* gesehen.«

»Im Original?«

»Da würde ich ja kein Wort verstehen, und ich wüsste heute noch nicht, um was es da ging.«

Peroux schüttelte den Kopf. »Dann können Sie nicht wissen, wie *terrible* dieses Französisch ist. So *terrible* wie das ganze Land.«

Der Constable hob mahnend eine Hand. »So schlimm ist das gar nicht. Es kommt auch was Gutes aus Frankreich. Die Fritten zum Beispiel.«

»Wir 'aben die Pommes Frites erfunden«, protestierte Peroux aufgebracht. »Wir, die Belgier.«

»Und warum heißen die Dinger dann in den USA French Fries?«, wollte der Polizist wissen.

»Das müssen Sie die dummen Amerikaner fragen, die 'aben sich das ausgedacht«, schnaubte der Detektiv.

Strutner zuckte mit den Schultern. »Okay, okay, Mister Perrot …«

»Peroux, Monsieur, Peroux. 'ector Peroux«, sagte er und unterstrich jede Silbe mit einer Bewegung seines Zeigefingers.

»Peroux«, wiederholte der Constable gedehnt. »Ich lasse Ihnen ja Ihre Fritten, dann haben die Belgier wenigstens auch etwas, worauf sie stolz sein können.«

Peroux schnappte ungläubig nach Luft. »Was 'eißt, dann 'aben wir wenigstens etwas? Wir können auf vieles stolz sein. Jacques Brel war Belgier, wussten Sie das? Der Mann, der *le chanson* neu erfand. *Ne me quitte pas. La mer. Amsterdam.* Ich könnte noch stundenlang seine unvergessenen Lieder aufzählen. 'ergé war Belgier, der Mann, der *Tim und Struppi* erfand. *Tim und Struppi* kennen Sie bestimmt, *n'est-ce pas?* Und der Erfinder der Schlümpfe war auch ein Belgier, wussten Sie das? Kennen Sie Georges Simenon, den Krimiautor? Er war auch Belgier. Er 'at den Commissaire Maigret erfunden …«

»Aber der spielt in Frankreich«, hielt der Constable tapfer dagegen.

»Und ein Belgier 'at ihn erfunden, nur darauf kommt es an!«, machte Peroux ihm klar. »Nur darauf, auf nichts anderes.«

Strutner machte eine vage Geste, die wohl bedeuten

sollte, dass es ihm persönlich ziemlich egal war. »Und ein Engländer hat ihn zuletzt gespielt, aber kein Belgier«, legte er nach. »Kennen Sie Rowan Atkinson? Der hat jetzt Ihren Maigret gespielt.«

»Es ist nicht ›mein Maigret‹, sondern der Maigret aller Belgier«, sagte Peroux. »Und einen Monsieur Atkinson kenne isch nicht.«

»Ach, Sie haben bestimmt schon mal *Mr. Bean* gesehen«, warf Louise ein. »Das ist Monsieur Atkinson.«

»*Mr. Bean?*«, wiederholte der Belgier verwundert. »Was ist das? Mr. Bean. Bean 'eißt doch Bohne. Bohne ist bei uns *'aricot.* Niemand würde auf die Idee kommen, sich Monsieur 'aricot zu nennen. Das wäre ja albern.«

»Jetzt weiß ich immer noch nicht, warum Sie am Anfang das H weglassen«, kehrte der Constable zu seinem ursprünglichen Anliegen zurück. »Warum schreiben Sie überhaupt ein H, wenn Sie es doch nicht mitsprechen?«

»Warum? Weil das Asch am Anfang zum Wort gehört.«

»Das *was?*«, fragte Strutner verdutzt.

»Das Asch.«

Er hob beide Hände ein Stück weit hoch, fast so, als wollte er kapitulieren. »Augenblick, warten Sie mal, Mr. P… Peroux. Sie geben einem Buchstaben, den Sie nicht aussprechen können, auch noch einen Namen?«

Peroux sah ihn völlig verständnislos an. »Wie sollten wir sonst wissen, dass wir diesen Buchstaben meinen?«

Der Constable drehte sich weg und murmelte etwas, das »Die spinnen, die Belgier« heißen mochte, überlegte Nathalie.

»Wenn wir uns dann nun wieder auf den Fall konzentrieren könnten«, ermahnte Louise die beiden Männer. »Wir brauchen hier keinen Wettkampf Belgien gegen den Rest der Welt oder meinetwegen auch umgekehrt. Jedes Land hat seine Vorzüge, seine Nachteile und seine Besonderheiten, um nicht zu sagen Macken. Wenn das hier …«

Weiter kam sie nicht, da im gleichen Augenblick jemand »O mein Gott, was ist denn d…« rief, mitten im Satz abbrach und ein Höllenlärm folgte.

Drittes Kapitel, in dem ein Paketbote verwirrende Erkenntnisse liefert

Es war ein Lärm, als hätte jemand in einer Küche sämtliche Kochtöpfe gleichzeitig zu Boden geworfen. Als Nathalie sich umdrehte, sah sie noch den letzten Messingbecher einer ganzen Sammlung von einem filigranen Tisch rutschen, der in Schräglage geraten war. Die Becher waren ihr zuvor im Vorbeigehen ins Auge gefallen, weil ihr unwillkürlich durch den Kopf gegangen war, wie viel Arbeit es bedeutete, eine solche Menge zu polieren. Ihre Großmutter hatte Messingfiguren gesammelt, und für Nathalie war es immer eine Gelegenheit gewesen, ihr Taschengeld aufzubessern, wenn sie diese Figuren hatte polieren dürfen. Spaß hatte ihr das nicht gemacht, weil die Politur so seltsam roch und ihr Geruch noch tagelang an den Fingern gehaftet hatte. Außerdem war das Polieren eine mühselige Arbeit gewesen, aber sie hatte sich lieber so etwas dazuverdient, anstatt eimerweise Kohlen aus dem Keller nach oben zu schleppen.

Der letzte Becher landete scheppernd inmitten der anderen, die bereits runtergefallen waren. Was der Grund für diesen Vorfall war und wer da vor Sekunden etwas gerufen hatte, war Nathalie nicht klar. Dann liefen der Constable und Peroux nach vorn und begannen, die Messingbecher zur Seite zu schieben, da offenbar jemand von ihnen verschüttet worden war. Nur Augenblicke später kam ein junger Mann von einem Paketdienst zum Vorschein.

»Was … was ist passiert?«, murmelte er und sah benommen die beiden und danach Nathalie und Louise an, die ebenfalls zu ihm geeilt waren.

Bevor einer von ihnen antworten konnte, machte eine Uhr leise »ping«, und eine Sekunde später setzte eine Kakofonie aus Glockenspielen und Glockenschlägen ein, die jede Unterhaltung unmöglich machte. Als endlich wieder Ruhe eingekehrt war, erklärte ihm Nathalie, was passiert war.

»Sie sind aus irgendeinem Grund ohnmächtig geworden, und beim Hinfallen haben Sie diesen Tisch so weit gekippt, dass die Becher ins Rutschen gerieten und alle auf Ihnen landeten. Sie haben noch etwas gerufen, aber das ging alles etwas zu schnell, ich habe nicht verstanden, was es war.«

»Etwas in der Art von ›O Gott, was ist denn das?‹, würde ich sagen«, ergänzte Louise.

Der Paketbote fasste sich an den Kopf. »Ähm … ach, ja … ich erinnere mich … ich habe Blut gesehen … irgendwas war mit Mr. Burlington, glaube ich.«

»Ja, das ist richtig«, bestätigte der Constable. »Mr. Burlington wurde umgebracht.«

»O nein, dann ist das …« Der junge Mann fuhr sich durch sein volles dunkles Haar und begann nach Luft zu schnappen. »Ich kann kein Blut sehen, da wird mir sofort … ich kann nicht mal drüber nachdenken, was passiert, wenn ich Blut sehe.« Er blickte einen nach dem anderen an. »Dabei hat er gestern noch gelebt. Wer … wer war das?«

»Das wissen wir noch nicht«, sagte Louise und hockte sich neben ihm hin. »Hol mal einen nassen Lappen«, wies sie Strutner an. »Ist Ihnen gestern irgendetwas aufgefallen? Hat sich Mr. Burlington irgendwie seltsam verhalten?«

Der Bote atmete langsam und gleichmäßig, um zur Ruhe zu kommen. »Ich habe ihn nur ein paar Mal gesehen, wenn ich Pakete abgeholt habe. Aber gestern ist mir nichts aufgefallen. Außer vielleicht …«

»Ja?«, hakte Louise nach.

»Na ja, er war nur überrascht, dass ich ihm ein Paket gebracht habe«, sagte er achselzuckend. »Er meinte, er habe nichts bestellt, aber das war auch schon alles.« Er beugte sich ein wenig vor, sodass er die vordere Tischkante sehen konnte. »Ich glaube, das Paket steht sogar noch da. Ganz am Rand. Da hatte ich es hingestellt.«

Strutner kam mit einem nassen Handtuch zurück. Louise nahm es an sich und drückte es dem Boten gegen die Stirn.

»Oh, das tut gut«, hauchte er erleichtert und schloss die Augen.

»Da Sie gestern hier waren«, erklärte der Constable nach einer Weile, als der junge Mann sich sichtlich besser fühlte, »muss ich Sie bitten, sich genau umzusehen und sich insbesondere den Schreibtisch anzusehen.«

»W-warum?«

»Weil wir nicht wissen, ob der Täter irgendetwas mitgenommen hat. Ich weiß, Sie haben nur darauf geachtet, dass Sie das Paket ordnungsgemäß übergeben, aber es kann ja sein, dass Sie aus dem Augenwinkel irgendetwas wahrgenommen haben, das heute nicht mehr da ist.«

»Aber Mr. Burlington …«, begann er zu protestieren.

»Keine Sorge, wir werden ein Tuch über Mr. Burlington legen«, versicherte ihm der Constable und richtete sich wieder auf, um genau das zu erledigen.

Währenddessen stand der Paketbote auf und klopfte sich den Staub von der Kleidung, der sich unter dem Tisch angesammelt hatte.

»Kommen Sie, Mister …?«, rief der Constable.

»Ladbroke, Rick Ladbroke. Ja, ich bin sofort da.« Er richtete sich auf und verzichtete darauf, von einer der hingehaltenen Hände Gebrauch zu machen, um sich hochziehen zu lassen. Dann ging er in Richtung Schreibtisch, spähte um die Ecke und atmete erleichtert auf, als er sah, dass der Tote tatsächlich unter einem Laken verschwunden war. Vor dem Tisch blieb er stehen und sah ihn sich an. Schließlich schüttelte er den Kopf. »Ich wüsste nicht, dass da gestern noch irgendetwas gelegen hätte, was jetzt verschwunden ist.«

»*Non, non, non*«, ereiferte sich Peroux. »So macht man das doch nicht. Sie müssen ihm das alles 'ier *subliminal* zeigen. Verstehen Sie?«

»Sie meinen unterbewusst?«, fragte Nathalie.

»*Oui,* genau das müssen Sie machen!«

»Und wie sollen wir das anstellen?«

Peroux konnte sich nicht davon abhalten, reflexartig die Augen zu verdrehen. »Es ist ganz einfach. Isch werde es Ihnen zeigen. Sie da, Paketmann, ge'en Sie zurück zur Tür, nehmen Sie dieses Paket von 'eute wieder mit, und kommen Sie dann 'erein.«

»Und was soll ich dann machen?«, wunderte sich der junge Mann.

»Das werde isch Ihnen sagen, wenn Sie wieder 'ereinkommen.«

Ladbroke verließ das Geschäft und trat erneut ein. »Und jetzt?«, fragte er.

»Jetzt kommen Sie zu mir, wie Sie gestern zu Monsieur Burlington gekommen sind, um ihm das Paket zu geben. Stellen Sie sich vor, isch wäre Burlington. 'at er 'ier gestanden? Oder an seinem Schreibtisch gesessen?«

»Nein, nein, er stand da, wo Sie stehen«, sagte der Bote und ging auf ihn zu.

»Sehr schön, und jetzt«, gab Peroux zurück, »tun Sie so, als würden Sie auf diesem Gerät 'erumtippen, damit isch den Empfang bestätigen kann, *oui?*«

»Ja, okay.«

»Und jetzt stoppen Sie«, sagte der Detektiv gleich darauf, »aber 'alten Sie den Blick auf das Gerät *imaginaire* gerichtet.«

Ladbroke zog irritiert die Augenbrauen zusammen. »Wozu soll das gut sein?«

»Patience, mon ami, patience.« Peroux lächelte ihn an. »Und nun versuchen Sie, sich daran zu erinnern, wie alles um Sie 'erum ausgesehen 'at. Versuchen Sie, jedes Objekt in Ihr Bewusstsein zu 'olen, das Sie gesehen 'aben. Wenn es für Sie leichter ist, stellen Sie sich vor, Sie wollten ein Bild malen. Sie sind ein Künstler, der eine Skizze anfertigt und ein jedes Objekt an der richtigen Stelle platzieren will.«

Der Bote sah konzentriert auf den Scanner, den er reflexartig ergriffen hatte, um den Empfang des Pakets bestätigen zu lassen. Nach einer Weile nickte er, wobei er wie in Trance wirkte.

»Bereit?«, fragte Peroux.

»Ich will es hoffen.«

»*Très bien.* Dann sehen Sie sich jetzt um, und vergleichen Sie, was Sie sehen, mit dem Bild, das Sie eben gemalt 'aben. Sagen Sie mir, was jetzt fehlt oder nicht mehr an seinem Platz steht. Lassen Sie sich Zeit, gehen Sie gründlich vor. Sagen Sie mir auch, wenn Sie sich nicht sicher sind. Jedes Detail kann *très important* sein.«

»Alles klar«, murmelte der junge Mann und sah konzentriert jeden Gegenstand an. Hin und wieder stutzte er, als müsste er sich erst vergewissern, ob das, was er sah, wirklich dort gewesen war.

Alle verfolgten sehr aufmerksam jede Regung des Paketboten, der sich langsam um sich selbst drehte.

»Die Vase«, sagte er plötzlich.

»Die Vase? Welche Vase?«, wollte Louise wissen.

»Die Vase, die auf dem Schreibtisch gestanden hat. Da vorn stand sie.« Er zeigte auf eine Stelle auf dem Schreibtisch und ging näher ran, um den leeren Platz genauer zu betrachten.

»Können Sie die Vase beschreiben? Hatte sie etwas Markantes an sich?«, fragte Nathalie.

»Sie sah so aus«, antwortete der junge Mann und zeigte auf ein großformatiges Buch, das aufgeschlagen vor dem toten Burlington lag.

Peroux, der von ihnen allen am nächsten stand, ging um den Tisch herum und beugte sich über den zugedeckten Toten, um einen Blick auf das ganzseitige Foto zu werfen. »*Mon dieu!* Ist das wahr? Ist das die Vase?«

»Ja, ganz sicher«, beteuerte Ladbroke. »Ich bin kein Spezialist für alten Trödel, aber diese Vase erkenne ich sogar, wenn das Foto auf dem Kopf steht. Sie hat mich sofort an Iron Man erinnert.«

Der Detektiv hob den Kopf und sah den Paketboten an. »Isch verstehe nicht. Wie kann eine Vase mit einem 'arlekin darauf Sie an den Triathlon auf 'awaii erinnern? Isch se'e da keine *connection.*«

»Triathlon?« Ladbroke schüttelte den Kopf. »Ich rede von Iron Man.«

»Ich glaube, er meint den Superhelden Iron Man«, warf Nathalie ein. »Aus den Comics und den Kinofilmen, richtig, Mr. Ladbroke?«

»Natürlich«, bestätigte der junge Mann. »Der Kopf und die Augenpartie dieser Figur sind so markant, nur die Farben sind anders. Blau und Türkis statt Rot und Gold … mit den richtigen Farben könnte das Iron Man sein. Ich möchte fast behaupten, dass da jemand eine schlechte Iron-Man-Kopie auf die Vase gemalt hat.«

Peroux stöhnte unüberhörbar auf und presste die Daumen gegen seine Schläfen, als hätte er starke Kopfschmerzen. »Monsieur Ladbroke, was wir 'ier 'aben, ist eine venezianische 'arlekinvase aus dem Jahr 1845. Das dürfte lange vor Ihrem … Ihrem Super'elden gewesen sein, wenn ich mich nicht sehr irre. Wenn über'aupt jemand etwas kopiert 'at, dann war es der ›Künstler‹, der diesen Superhelden gezeichnet hat.«

»Oh«, machte Ladbroke. »Das hätte ich jetzt nicht gedacht.«

»So lernt man jeden Tag etwas Neues dazu, *n'est-ce pas*, Monsieur Ladbroke?«

»Und Sie sind sich absolut sicher, dass es diese Vase war?«, hakte Louise nach. »Kein Irrtum möglich?«

»Nein, ganz sicher, kein Irrtum möglich«, versicherte Ladbroke ihr. »Ich habe von Kunst null Ahnung, aber das war eindeutig diese Vase.«

»Gut«, sagte Nathalie. »Fehlt sonst noch etwas?«

»Sonst fällt mir nichts auf. Die alte Frau zähle ich jetzt mal nicht mit. Das wäre ja auch zu seltsam, wenn die heute immer noch da rumstehen würde.« Er grinste in die Runde, aber niemand reagierte.

»Was für eine alte Frau?«, wollte der Constable wissen.

»Na, die gestern Morgen hier gewesen ist.«

»Können Sie uns etwas über sie sagen?«, fragte Peroux. »Außer dass sie 'ier gewesen ist und dass sie da gestanden 'at? Eine *description* vielleicht? Wie groß? Wie alt? Besondere Merkmale? 'aarfarbe? Kleidung? Statur? Gesicht?«

»Hm«, machte der junge Mann. »Mal sehen. Also … sie war bestimmt einen halben Kopf kleiner als Sie, Miss.« Er deutete auf Nathalie. »Und sie stand etwas krumm und schief da, als … na ja, als hätte sie schon seit langer Zeit Rückenprobleme. Das Gesicht … das war sehr faltig, aber ich kann Ihnen nicht sagen, ob sie wie siebzig, achtzig oder neunzig ausgesehen hat. Ich kann das nicht gut schätzen. Auf jeden Fall war sie richtig alt. Graue Haare. Ziemlich vornehm gekleidet, so als hätte sie ganz gut was fürs Alter zurückgelegt. Die Nase war ziemlich groß, das weiß ich noch. Und das Kinn war spitz.« Er hob kurz die Schultern an. »Das ist eigentlich schon alles. Ich will mal so sagen: Wenn sie mir noch mal über den Weg laufen sollte, würde ich sie ganz sicher wiedererkennen, aber bei so einer Phantomzeichnung könnte ich Ihnen nicht weiterhelfen. Und ich bin mir sicher, dass ich ihr auf meinen Auslieferertouren noch nie begegnet bin. Aber das hat nichts zu bedeuten. Wenn sie kein Geschäft hat, dann ist es ziemlich unwahrscheinlich, dass sie jemals von uns etwas geliefert bekommt. Wir liefern nur an Unternehmen aus, nicht an Privatpersonen.« Ladbroke kratzte sich am Kopf. »Das ist alles. Mehr fällt mir nicht ein.«

»Ihren Wagen haben Sie nicht zufällig gesehen? Oder sich das Kennzeichen gemerkt?«, fragte Nathalie.

»Oh, nein, nein, sie war nicht mit einem Wagen hier«, erklärte er überzeugt. »Mit meinem Transporter muss ich hier auf den Hof fahren, weil ich sonst zurücksetzen müsste, aber dann sehe ich nicht, ob auf der Straße jemand unterwegs ist. Der Hof war leer, es stand nur Burlingtons alter Cortina da.«

»Hm«, machte Constable Strutner. »Dann wird sie jemand abgesetzt und später abgeholt haben. Wann waren Sie gestern hier?«

»Um 10.35 Uhr.«

Nathalie sah ihn erstaunt an. »Das wissen Sie so genau?«

Ladbroke nickte eifrig. »Ja, ja, das ist mir im Gedächtnis geblieben, weil die Zustellung zwischen 10.30 und 10.40 Uhr erfolgen musste. Normalerweise soll eine Sendung bis zu einer bestimmten Uhrzeit geliefert werden oder auch erst ab soundsoviel Uhr, weil sonst niemand zu Hause ist. Aber eine so spezielle Zeitangabe habe ich bislang noch nie gehabt. Na ja, und heute das gleiche Spiel. Heute wurde die Uhrzeit auch sehr kurzfristig noch einmal über unsere Website mitgeteilt, und ich sollte unbedingt zwischen 12.45 und 13 Uhr herkommen und … o mein Gott, wir haben ja schon halb zwei! Das sollte bis um eins geliefert werden. Und dabei war ich pünktlich! Jetzt bekomme ich einen Vermerk in der Akte! O nein, nein, nein, wie konnte mir denn so etwas passieren?«

»Mr. Ladbroke, Sie hätten das Paket auch um kurz vor eins nicht mehr zustellen können, weil Mr. Burlington da bereits tot war«, machte Louise ihm klar. »Sagen Sie Ihrem Vorgesetzten, dass der Empfänger verstorben ist. Dann wird man schon verstehen, dass Sie es nicht zustellen konnten.«

»O Himmel, das wird ja immer besser!«, stöhnte der Paketbote. »Ein verspätetes Paket ist schon schlimm, aber ein nicht zugestelltes ist noch viel übler. Da kann ich ja alle Hoffnung auf eine bessere Tour sofort aufgeben.«

»Moment mal«, warf Nathalie ein. »Sie haben doch gesagt, dass das Paket gestern auch zu einer ganz präzisen Zeit geliefert werden sollte. Zwei solche Pakete an zwei Tagen hintereinander – das kann doch wohl kaum ein Zufall sein. Können wir vergleichen, ob die Absender identisch sind?«

»Ja, natürlich«, sagte Ladbroke und hielt das neue Paket neben das vom Vortag. »Beide wurden letzte Woche Montag von der Seniorenresidenz Golden Sunset in Croydon abgeschickt.«

»Beide am gleichen Tag? Und dann wurden sie erst gestern und heute zugestellt?«

»Das ist nichts Ungewöhnliches«, erwiderte der junge Mann. »Sie gehen montags auf Geschäftsreise und wollen jemandem ein Päckchen schicken, von dem Sie wissen, dass er für den Rest der Woche gar nicht im Büro ist, dann geben Sie einfach die gewünschte Zeit für den gewünschten Tag an, und solange bleibt das dann bei uns liegen.«

Nathalie betrachtete grübelnd die Pakete.

»Woran denken Sie, Nathalie?«, fragte Louise, als sie die nachdenkliche Miene ihrer Chefin sah.

Die schüttelte flüchtig den Kopf. »Ich frage mich, ob das ein Zufall ist, dass Mr. Ladbroke das erste Paket genau in dem Moment liefern sollte, als Burlington Besuch von dieser alten Dame hatte, und dass er kurzfristig mitgeteilt bekommt, das zweite Paket heute bis ein Uhr zuzustellen, wenn wir gerade hier sind und Burlington tot aufgefunden haben.«

»Constable«, sagte Peroux. »Fällt es in Ihre Zuständigkeit, das gestrige Paket zu öffnen und den Inhalt festzustellen?«

Strutner runzelte nachdenklich die Stirn. »Ich weiß zwar nicht, was das bringen soll, aber Miss Ames hat auch schon darauf hingewiesen, dass die Sache zumindest verdächtig ist. Das genügt mir, um einen prüfenden Blick hineinzuwerfen.« Er holte ein Taschenmesser aus der Jacke und zerschnitt das Klebeband, dann öffnete er den Deckel, und zum Vorschein kam … ein Bündel Supermarktprospekte, die mit einem Gummiband zusammengehalten wurden.

»Was soll denn das?«, wunderte sich der Constable. »Und das wird mit Eilzustellung verschickt? Die sind ja von letztem Jahr«, stellte er fest, nachdem er das Gummiband abgezogen und den Stapel durchgeblättert hatte. Er zeigte auf das zweite Paket. »Das würde ich mir auch gern ansehen.«

Ladbroke drückte das Paket an sich. »Erst bekomme ich den Empfang quittiert«, machte er dem Polizisten klar.

»Ich beschlagnahme das Paket, wenn Sie es mir nicht freiwillig geben!«

»Dann habe ich eine Abmahnung in meiner Akte!«, gab der Bote aufgeregt zurück. »Ein Paket zu verlieren ist so ziemlich das Schlimmste, was einem passieren kann.«

»Jetzt komm schon, Ronald«, drängte Louise. »Dann unterschreibst du eben und gibst an, dass du es als Nachbar entgegengenommen hast. Was glaubst du, was das für einen bürokratischen Aufwand bedeutet, wenn er das Paket wieder mitnimmt und du es auf dem regulären Dienstweg beschaffen musst.«

»Außerdem könnten sich ja im zweiten Paket Hinweise auf den Täter befinden«, gab Nathalie zu bedenken. »Oder stellen Sie sich vor, da wäre ein Kilo Heroin drin. Wenn Sie das Ihren Vorgesetzten liefern könnten, würde Sie das doch sehr gut dastehen lassen.«

Ladbroke hielt ihm bereits den Scanner so hin, dass er nur noch auf dem Display unterschreiben musste. Dann händigte er ihm das Paket aus, das Strutner auch sofort öffnete.

»Auch nur Prospekte«, murmelte Peroux, als der Inhalt sich auf dem Tisch verteilte. »Der gleiche Prospekt wie im ersten Paket. Wer verschickt so etwas? Was sollte Monsieur Burlington damit machen?«

»Wir werden uns die Prospekte ansehen müssen, ob irgendwo eine Nachricht zu finden ist, vielleicht sogar eine geheime Nachricht«, sagte Nathalie.

»Sagen Sie, Monsieur Ladbroke«, wandte sich Peroux an den jungen Mann. »Könnten Sie wohl feststellen, welcher Ihrer Kollegen die beiden Sendungen vom Absender entgegengenommen 'at? Falls ja, sollte er Kontakt mit dem Constable aufnehmen. Vielleicht kann er uns die Person beschreiben, die ihm die Pakete gegeben 'at.«

Der Bote nickte. »Klar, das kann ich sicher herausfinden. Falls ich Sie nicht erreichen kann, hinterlasse ich im Pub eine Nachricht für Sie, Constable. Miss Ames und Miss Cartham können die sicher an Sie weiterleiten.«

»Auf jeden Fall«, versicherte ihm Nathalie.

»Okay, ich muss jetzt los. Ich will nicht noch mehr Pakete zu spät zustellen«, sagte Ladbroke, verabschiedete sich mit einem kurzen Nicken in die Runde und ging.

Kaum hatte er die Tür hinter sich zugezogen, kam er schon wieder herein. »Ich habe vergessen, Ihnen zu sagen, dass die junge Dame, die draußen gesessen hat, mir gesagt hat, dass ich Ihnen sagen, dass sie mich … ähm … ich … ähm … jedenfalls ist sie vorhin von ihrem Freund abgeholt worden, als ich hier angekommen bin.« Er winkte kurz und ging wieder raus.

»Also …«, begann Peroux.

Abermals ging die Tür auf, Ladbroke sah um die Ecke. »Und ich soll sagen, dass sie Oscar und Felix mitgenommen hat.«

»Okay, danke«, rief Louise.

Nachdem er erneut gegangen war, standen sie alle da und sahen zur Tür. »Solange ich nicht den Transporter vom Hof fahren sehe, werde ich mich nicht rühren«, erklärte Nathalie und wurde keine halbe Minute später für ihre Entschlossenheit belohnt.

»Ich hatte vergessen zu erwähnen«, rief der Paketbote, als er den Kopf zur Tür hereinsteckte, »die alte Frau hieß Annabelle Maypeny.«

»Das hat sie Ihnen gesagt?«, wunderte sich Louise.

»Sie war ziemlich mitteilungsbedürftig, wissen Sie?«, antwortete er. »So, jetzt bin ich aber wirklich weg.«

»Wer's glaubt«, murmelte Strutner, während die Tür ein weiteres Mal geschlossen wurde, dann endlich hörten sie, wie ein Motor angelassen wurde. Augenblicke später sahen sie den leuchtend roten Lieferwagen vom Hof fahren und auf die Landstraße einbiegen.

»Und was nun?«, fragte Nathalie.

»Nun werde isch etwas nachse'en«, verkündete Peroux und wandte sich dem klobigen Tresor zu, der so antiquiert wirkte, dass er ebenso gut zum Verkauf hätte stehen können.

»Woher haben Sie den Schlüssel?«, wollte Louise prompt wissen, als sie sah, wie der Belgier einen Schlüsselbund aus der Jackentasche holte.

Peroux drehte sich halb zu ihr um. »Den 'at mir Mademoiselle Megan gegeben. Isch 'atte mich noch kurz mit ihr unter'alten, bevor ich zu Ihnen gekommen bin. Dabei gab sie mir dann den Schlüssel. Sie sagte, das Mäppchen 'ätte draußen unter der Bank gelegen.« Er hob entschuldigend die Hände. »Verzei'en Sie, wenn isch vergessen 'abe, das zu erwähnen. Aber sie selbst 'atte vergessen, den Schlüsselbund dem Constable zu geben, und isch 'ielt es für das Einfachste, ihn mitzunehmen. Isch 'offe, das war nicht verkehrt.«

»Nein, natürlich nicht, Mister Peroux«, versicherte Louise ihm. »Es ist sogar gut, dass Sie das gemacht haben, sonst wäre Megan jetzt mit dem Schlüsselbund daheim, und wir könnten nicht mal abschließen.«

Der Detektiv inspizierte die Schlüssel an dem Bund, während sich Strutner zu ihm stellte. »Constable?«, fragte Peroux ein wenig irritiert.

»Ich will nur gemeinsam mit Ihnen in den Tresor sehen.«

Peroux nickte anerkennend. »Isch 'abe auch nichts anderes erwartet, Constable.« Der richtige Schlüssel war schnell gefunden, nicht ganz so schnell ging das Aufschließen vor sich. »Das muss einer der Originalschlüssel sein«, sagte er. »Der ist in über 'undert Jahren so sehr abgenutzt worden, dass er gar nicht mehr richtig fasst.« Dann endlich war es geschafft, Peroux drückte den Hebel nach unten und zog die Tür auf.

Nathalie und Louise stellten sich zu ihnen und sahen gebannt, was hinter der Tür zum Vorschein kam. In den drei geräumigen Fächern stapelten sich Schachteln, manche in der Größe von Schmuckdosen für Ohrstecker, andere groß wie Schuhkartons.

»Zumindest sieht es so aus, als hätte sich niemand daran zu schaffen gemacht«, sagte Nathalie. »Aber das kann täuschen.«

»Wonach suchen wir überhaupt?«, wollte Louise wissen.

»*Un moment*«, erwiderte Peroux und ging zum Schreibtisch zurück. Er nahm seinen kleinen Aktenkoffer, legte ihn auf einen freien Platz auf dem Tisch und holte ein Buch und mehrere bedruckte Blätter heraus. Er breitete die Blätter vor sich aus und schlug das Buch an einer markierten Stelle auf. »Im Jahr 1630 wurden Dublonen für den spanischen König Felipe IV. geprägt, allerdings stand auf den ersten rund 'undert Münzen eine VI. anstelle einer IV. Natürlich sollten sie sofort eingeschmolzen werden, aber offenbar gab es schon im 17. Jahr'undert den einen oder anderen *collecteur*, der bereit war, für Fehlprägungen viel Geld auszugeben. Die Münzen verschwanden spurlos, und erst um 1700 tauchten angeblich ein paar Exemplare auf. Selbstverständlich kann niemand mit Gewissheit sagen, ob da etwas Wahres dran ist. Verbürgt ist das erst ab 1910, als ein Foto von drei dieser Münzen auftauchte. Seitdem sind immer wieder Exemplare auf Auktionen versteigert worden, aber es kursieren auch viele Fälschungen. Monsieur Burlington war in den Besitz von zwölf Münzen gelangt, die aus einem Nachlass stammen. Die An'äufung von so vielen dieser seltenen Münzen 'at ihn skeptisch werden lassen, des'alb 'at er sich an mich gewandt.«

»Dann sind Sie Experte für diese Dublonen?«, folgerte Nathalie.

»*Oui*, dafür auch«, sagte Peroux und wirkte für einen Moment ein wenig verlegen. »Mein Wissen über Münzen ist so umfassend, dass mir das Institute pour Numismatique an der Sorbonne einen Ehrendoktortitel verlie'en 'at. Isch berate den Vatikan, große Auktions'äuser, private Sammler und manchmal auch 'ändler wie Monsieur Burlington. Isch 'atte das große Glück, einmal eine dieser Dublonen in der 'and 'alten zu dürfen. Das macht es für mich *naturellement* viel einfacher, ihre Echtheit zu bestimmen.«

»Wenn diese Münzen echt sind, welchen Wert haben sie dann?«

»Die letzte Auktion … sie fand vor drei oder vier Jahren statt, wenn isch mich nicht irre … 'at in New York über zwei Millionen Dollar erbracht – für eine einzige Münze«, antwortete er.

»Dann wären das ja vierundzwanzig Millionen«, rief Strutner verblüfft.

»*Au contraire*«, widersprach der Belgier. »Wenn von etwas Seltenem gleich so viele Exemplare auf den Markt kommen, drückt das den Preis, weil es dann gar nicht mehr so selten ist. Es kann durchaus dazu kommen, dass sich der Wert 'albiert. Viel sinnvoller wäre es, abseits von Auktions'äusern nach Interessenten zu suchen, vorzugsweise nach solchen, die vorgeben, nur ein bescheidenes Einkommen zu besitzen. Diese Leute prahlen nicht mit dem, was sie 'aben, sie 'orten das alles in einem Raum, den niemand außer ihnen betreten darf. Wenn Sie zwölf Leuten dieser Art je eine Münze anbieten und sie in dem Glauben lassen, Sie 'ätten nur dieses eine Exemplar, dann können Sie vielleicht an die vierundzwanzig Millionen Dollar erzielen.« Er drehte sich zum Safe um. »Nun, dann wollen wir doch mal se'en, wo Monsieur Burlington sie deponiert hat.«

Eine Viertelstunde später nahm Peroux den Deckel von der letzten noch verbliebenen Schachtel. »*Zut alors!*«, knurrte er. »*Elles sont disparues!* Verschwunden! Die Münzen sind weg!« Frustriert schüttelte er den Kopf und gab die Schachtel an Strutner weiter, der sie wieder in den Safe legte. »*Malheureusement* 'aben offenbar die verkehrten Leute davon ... wie sagt man? Luft bekommen?«

»Wind bekommen«, korrigierte ihn Louise.

»Ah, *oui.* Es 'aben die verkehrten Leute davon Wind bekommen, den Mann umgebracht und dann die Münzen geraubt.«

»Aber ... wenn sie die Münzen aus dem Safe genommen haben«, überlegte Nathalie, »warum haben sie all die anderen Dinge liegen lassen? Allein diese anderen Münzen werden doch sicher noch einige tausend Pfund wert sein.«

Peroux schüttelte nachdenklich den Kopf. »Isch kann mir kein Urteil über Monsieur Burlington erlauben, aber wenn er ein rechtschaffener Mann war, wird er nichts Illegales ge- und verkauft 'aben. Wenn das der Fall ist, wird er sehr genau Buch geführt 'aben über alles, was in diese *trèsore* liegt. Und er dürfte seine Versicherung auf dem Laufenden ge'alten 'aben. Warum sollten die Diebe das Risiko eingehen, sich mit dem Verkauf einer 'andvoll registrierter Münzen zu verraten, auch wenn die vielleicht zwanzigtausend Pfund einbringen würden?«

»Und die Dublonen waren nicht registriert?«, hakte Nathalie nach.

»Die Dublonen besaß er erst seit ein paar Tagen, und da vermute isch, dass seine Versicherung davon nichts wusste. Selbst wenn er nur einen Wert von zehn Millionen Dollar oder Pfund angegeben 'ätte, wäre eine Prämie fällig geworden, die ihn ruiniert 'ätte.«

»Vielleicht sind sie gar nicht weg«, wandte Louise ein. »Wenn Burlington wusste, welchen Wert die Dublonen haben, und wenn er damit rechnen musste, dass ihm jemand einen Besuch abstatten würde, könnte er sie doch da versteckt haben, wo niemand nach ihnen suchen würde, zum Beispiel in einem der Schränke oder auch dahinter.«

»Das ist gar kein so abwegiger Gedanke«, musste Peroux einräumen, dann ließ er den Blick durch den großen Verkaufsraum wandern. »Allerdings wird es sehr lange dauern, um das alles zu durchsuchen.« Er deutete auf Schränke, Kommoden und Tische. »Zwölf Münzen lassen sich da 'ervorragend verstecken. Wir müssen jede Schublade 'erausziehen und von allen Seiten betrachten, ob irgendwo etwas festgeklebt wurde.«

»Ich hätte da eine Idee«, meldete sich Constable Strutner. »In Durring gibt es doch die Polizeischule, und ich kenne einen der Ausbilder. Bevor wir uns hier Tage und Nächte um die Ohren schlagen, um nach Münzen zu suchen, die vielleicht gar nicht mehr hier sind, lasse ich meinen Bekannten zehn oder zwölf Kandidaten rüberschicken, die für uns alles auf den Kopf stellen. Dann können sie noch Bonuspunkte sammeln, während sie zeigen, ob sie in der Lage sind, wirklich gründlich zu suchen.«

»Das ist eine hervorragende Idee, Ronald«, sagte Louise.

»Wenn diese ange'enden Bobbys 'ier alles auf den Kopf stellen, dann sollten sie auch nach einer sehr kleinen Kamera Ausschau 'alten«, sagte Peroux.

»Nach einer kleinen Kamera?«, wiederholte der Constable verwundert. »Wieso?«

»Nach einer *sehr* kleinen Kamera«, korrigierte der andere Mann ihn. »Nach einer winzigen Kamera, die über das Internet angesteuert werden kann.«

Strutner schaute völlig ratlos drein. »Könnten Sie mir bitte erklären, wovon Sie reden?«

»Earlsraven ist ein kleines Dorf, 'ier kennt doch sicher jeder jeden, *oui?*«

»Das kann man so sagen«, erwiderte Nathalie grinsend, weil sie diese Erfahrung schon hatte machen müssen, gleich nachdem sie das Black Feather übernommen hatte. Menschen, die sie noch nie gesehen hatte, sprachen sie mit ihrem Namen an, obwohl sie erst seit zwei Tagen hier gewesen war.

»Dann kann man auch sagen, dass ein Fremder auffällt?«

»Ja.«

Peroux nickte. »Dann muss der Täter irgendwo in Burlingtons Geschäft eine Kamera versteckt 'aben, um wissen zu können, wann er den Paketboten 'inschicken muss, damit der Mann ganz ›zufällig‹ den Laden betritt, wenn die alte Dame dort ist und wenn die Polizei nach dem Fund des Toten anwesend ist.«

»Aber wie konnte er wissen, wann diese Miss Maypeny Burlington aufsuchen würde?«, wunderte sich Louise.

Peroux lächelte verschmitzt. »Solche winzigen Kameras 'aben oft auch winzige Mikrofone, was bedeuten dürfte, dass er auch ihren Anruf mitge'ört 'at. Er wusste, wann Burlington Besuch erwartet, und dementsprechend konnte er die Paketsendung steuern.«

Nathalie nickte. »Klingt logisch. Aber es muss nicht zwangsläufig ein Fremder sein«, hielt sie dagegen. »Es kann genauso gut jemand sein, der in Earlsraven wohnt und von zu Hause aus zugesehen und dann reagiert hat, als es für den Boten Zeit wurde, die Pakete zu liefern.«

»Selbstverständlich«, stimmte Peroux ihr nach kurzem Überlegen zu. »Das ist oft sogar naheliegender, Mademoiselle Ames.«

»Gut, dann sollen sie auch nach versteckten Kameras suchen«, sagte Strutner, zog das Handy aus der Tasche und wählte die Nummer seines Bekannten. Währenddessen fragte Peroux: »Nehmen Sie mich wieder mit, wenn wir gleich zurückfahren, Mademoiselle Ames?«

»Selbstverständlich, Mister Peroux«, sagte sie. »Wir lassen Sie doch nicht hier allein zurück.«

»Danke. Könnten Sie mich dann in Earlsraven absetzen? Isch würde gern ein wenig die Atmosphäre des Dorfes in mich aufnehmen. Und isch würde gern mit den Leuten reden, um etwas mehr über Monsieur Burlington zu erfahren.«

»Es wäre nur gut, wenn Sie nicht erwähnen, dass Burlington tot ist«, empfahl Louise ihm. »Das hat sich noch nicht herumgesprochen. Ich habe Megan auch gebeten, erst mal kein Wort davon zu sagen.«

»Aus einem bestimmten Grund?«

»Die Leute reden über Tote oft anders als über Lebende. Wenn Sie jemandem erzählen, dass Sie vorhaben, bei ihm eine Wohnungseinrichtung zu kaufen, wird sich vielleicht der eine oder andere zu Wort melden und Sie warnen, dass der Mann ein Betrüger ist«, erklärte sie. »Wenn Sie aber erzählen, dass jemand ihm die Kehle durchgeschnitten hat, werden viele sagen, dass er zwar nicht immer der netteste Mensch war, dass er aber ein solches Ende nicht verdient hat.«

»*Ah, je comprends. Bien, Mademoiselle.* Isch werde diskret ermitteln.« Er lächelte sie und Nathalie an. »Dann se'en wir uns später am Tag, um nach dem Täter zu suchen?«

Louise und Nathalie nickten beide zustimmend. Für sie war klar, dass sie nach der Rückkehr ins Black Feather als Erstes das geheime Archiv von Nathalies Tante durchforsten würden.

Viertes Kapitel, in dem Nathalie lernt umzudenken und Monsieur Peroux auf eine Spur stößt

»Die Liste ist fertig«, verkündete Louise, als sie gegen neun Uhr am Abend Nathalies Wohnung im rückwärtigen Teil des Black Feather betrat. Die Tür war nur angelehnt gewesen, und da Nathalie auf das Klopfen nicht reagiert hatte, war Louise hineingegangen.

»Mhm«, machte Nathalie nur, die mitten im Wohnzimmer stand und auf einen Punkt starrte, der weit außerhalb dieses Raums zu liegen schien.

»Es ist erstaunlich, mit wem Burlington im Lauf der Jahre Streit hatte«, redete sie weiter.

»Mhm.«

Louise sah ihre Chefin forschend an, dann nickte sie

verstehend und sagte: »Wussten Sie, dass er sogar Heinrich VIII. zu einem Hamburger-Wettessen herausgefordert hat? Einen König? Zu einem Wettessen?«

»Aha«, kam es von Nathalie.

»Heinrich VIII. hat natürlich verloren«, redete sie langsam und eindringlich weiter. »Und weil er so ein schlechter Verlierer ist, hat er Burlington köpfen lassen.«

Nathalie nickte bedächtig. »Dann ist Heinrich VIII. der Mörder, den wir suchen?«

»Er oder Captain Nemo.«

Auf einmal begann Nathalie zu zwinkern, als würde sie aus einer tiefen Trance erwachen. »Was ist mit Captain Nemo?«, fragte sie und sah Louise verständnislos an.

»Nicht so wichtig«, sagte die Köchin und winkte ab. »Viel wichtiger ist, was mit Ihnen ist, Nathalie.«

»Nichts«, wehrte sie ab.

»Von wegen nichts«, beharrte Louise. »Sie stehen hier und starren Löcher in die Luft, und hören gar nicht, welchen Unsinn ich Ihnen erzähle. Also, reden Sie schon.«

»Ist nicht so wichtig, Louise«, beteuerte Nathalie und ging zum Sideboard links von ihr, um die Weihnachtsteller hin und her zu schieben, die ihre Tante über Jahre hinweg gesammelt hatte.

»Sie wissen, ich werde nicht lockerlassen«, sagte Louise in einem beiläufigen Tonfall. »Es liegt also an Ihnen, wie lange Sie es aushalten, dass ich Sie frage, was mit Ihnen los ist. Wir können das zehn Minuten lang machen, ich kann aber auch heute Nacht um zwei immer noch neben Ihrem Bett stehen und im Minutentakt fragen.«

Nathalie seufzte und ließ die Schultern sinken, dann drehte sie sich um. Louise sah, dass ihr Tränen in den Augen standen. »Jetzt sagen Sie mir bitte nicht, dass Sie vom Black Feather die Nase voll haben und nach Liverpool zurückkehren wollen!«

»Was?«, erwiderte Nathalie schniefend und brachte ein Lächeln zustande. »Ach Quatsch, das würde mir doch im Traum nicht einfallen.«

»Und was ist es dann?«

»Das hier.« Sie machte eine ausladende Geste, die das ganze Zimmer einschloss. An der hinteren Wand des Wohnzimmers stand das Sofa, darüber hingen gerahmte Familienfotos in allen Größen. Ein runder Tisch und zwei Sessel waren davor angeordnet, über deren Rückenlehnen cremefarbene Spitzendeckchen lagen. Die Deckenlampe mit den drei hellbeigen Glaskugeln passte in ihrer Art zum Rest der Einrichtung und sorgte für ein angenehmes Licht. Rechts dominierte ein Schrank aus dunklem Holz den Raum, vor der großen Fensterfront zur Linken stand das Sideboard, das unter anderem einem Teil der umfangreichen Sammlung von Hummel-Figuren Platz bot. »Wie soll ich irgendein Teil von hier weggeben oder wegwerfen? Das hier ist die Welt, in der meine Tante gelebt hat. Wenn ich irgendetwas davon weggebe, dann gebe ich damit auch einen Teil meiner Tante weg. Und wenn hier alles leer ist, dann ist meine Tante überhaupt nicht mehr da. Ich komme mir vor, als würde ich sie aus meinem Leben streichen.« Sie schluchzte leise. »Verstehen Sie, was ich meine?«

»Ich verstehe sehr gut, was Sie meinen, und deshalb kann ich Ihnen auch sagen, dass Sie sich irren«, antwortete die Köchin. »Sie können sich gar nicht vorstellen, wie sehr Sie sich irren.«

»Ich irre mich nicht, was meine Gefühle angeht«, beharrte sie nachdrücklich. »Wenn ich das weggebe, was einem geliebten anderen Menschen wichtig war, dann setze ich mich über diesen Menschen hinweg. Und das … ich weiß nicht, wie ich das machen soll. Ich werde anschließend in dieser Wohnung sitzen und mir wünschen, ich hätte auf meine innere Stimme gehört und alles so gelassen, wie es war.«

Louise fasste sie an der Hand und zog sie hinter sich her zur Couch. »Setzen Sie sich«, sagte sie leise und hielt auch weiter Nathalies Hand fest. »Ich werde Ihnen etwas über Ihre Tante erzählen, Nathalie. Etwas, das Sie noch nicht wissen.«

Nathalie sah sie skeptisch an. »Sie wissen, dass ich meine Tante nicht mehr fragen kann, ob das stimmt, was Sie mir erzählen wollen.«

Louise zwinkerte ihr zu. »Dann bleibt Ihnen nichts anderes übrig, als mir zu vertrauen, nicht wahr?«

Mit einem Schulterzucken fügte sich Nathalie in ihr Schicksal. »Vermutlich haben Sie recht, Louise. Also gut, was haben Sie mir zu bieten, um mich umzustimmen?«

»Henrietta war faul.«

»Was?«

»Ja, sie war faul.«

Nathalie schüttelte den Kopf. »Meine Tante hat den Pub und das Café und die Pension geführt, und sie hat dieses Archiv da oben gehegt und gepflegt. Ich glaube, da kann man nicht von Faulheit sprechen.«

»Na ja, wenn Sie sich umsehen, haben Sie den Beweis für Henriettas Faulheit.« Sie ließ ihre Worte eine Weile wirken, dann erklärte sie: »Natürlich haben Sie recht, dass sie mit dem Black Feather und mit der Fortführung dieser geheimen Datenbank auf Karteikarten mehr als nur gut ausgelastet war. Aber wenn es um diese Wohnung ging, dann lauteten ihre höchstpersönlichen Worte immer wieder: ›Dafür bin ich jetzt zu faul.‹«

»Dafür? Wovon reden Sie?« Gedankenverloren spielte sie mit der Fernbedienung für den Fernseher, der aus einer Zeit stammte, als man mit acht Programmtasten noch mehr als gut bedient gewesen war. Das Gerät hatte einen für damalige Verhältnisse sehr großen Bildschirm, der aber neben einem modernen Flachbildfernseher fast winzig erschien. »Ich rede davon, dass von dem, was Sie hier sehen, eigentlich gar nichts mehr da sein sollte. Hätte Henrietta nicht immer wieder anderen Dingen den Vorzug gegeben, dann wäre schon vor Jahren alles Alte rausgeflogen. Sie hat regelmäßig Prospekte von Möbelhäusern studiert und Tausende Dinge angestrichen, die ihr alle besser gefielen als das hier. Nathalie, Sie können mir glauben, wenn ich Ihnen sage, dass Ihre Tante kein einziges Möbelstück mehr leiden konnte. Aber wenn, dann hätte sie alles zusammen neu kaufen wollen, um die Farben und Formen aufeinander abzustimmen.«

»Aber sie hätte sich doch mal zwei oder drei Tage freinehmen können, um auszumessen, wie viel Platz sie hatte und was sie an neuen Möbeln hätte kaufen können«, wandte Nathalie ein. »So viel Zeit muss doch mal drin gewesen sein, oder nicht?«

»Nicht bei Ihrer Tante. Sie hat wahrscheinlich zu viel Zeit in die analoge Datensammlung da oben im ersten Stock gesteckt, und dann hat es für nichts anderes mehr gereicht.« Louise blickte sie fragend an. »Wenn Sie meine ehrliche Meinung hören wollen …«

»Immer, das wissen Sie genau, Louise«, versicherte sie der älteren Frau.

»Gut, dann sage ich Ihnen ganz offen, dass Sie selbst in die gleiche Richtung tendieren wie Ihre Tante. Sie gönnen sich zu wenig Pausen, Sie sind immer auf Tour.«

»So ein Haus wie das Black Feather managt sich nicht von allein«, gab Nathalie zurück.

»O doch, genau das tut es«, hielt ihre Köchin dagegen. »Die Abläufe sind perfekt aufeinander abgestimmt, die Angestellten harmonieren miteinander, ohne sich bei jedem Detail absprechen zu müssen. Jeder weiß hier, dass er sich selbst nur dann einen Gefallen tut, wenn er sich für den Erfolg des Black Feather engagiert. Wenn Pete vier Teller gereicht bekommt, die zu Tisch drei müssen, und er kann nur drei Teller auf einmal hinbringen, weil auf einem ein Gericht mit sehr viel Sauce ist, dann schnappt sich Cathy den vierten Teller und bringt ihn sofort hinterher. Sie hat nur einen Teller für Tisch sechs, hat also eine Hand frei, während Pete eine dritte Hand gebrauchen könnte. Es ist nicht ihr Tisch, es ist nicht ihr Trinkgeld, sie könnte sagen: ›Der Teller interessiert mich nicht.‹ Aber das tut sie nicht, weil es einfach einen besseren Eindruck auf den Gast macht, wenn alle am Tisch möglichst gleichzeitig das Essen serviert bekommen. Der Gast fühlt sich wohl und kommt wieder, und das bedeutet für das Black Feather Umsatz, von dem wiederum alle profitieren, weil niemand entlassen werden muss.«

»Aber es gibt hier jede Menge Potenzial für Einsparungen«, hielt Nathalie dagegen. »Allein die Laufwege. Wenn ich sehe, wie oft die Mädchen vom Café zur Terrasse laufen und dann mal an den einen, mal an den anderen Tisch gehen, da kribbelt es mir in den Fingern …«

»Nathalie, ich kenne Ihre Vorliebe für Zahlen und Statistiken«, sagte Louise geduldig. »Aber ich bin froh, dass Sie noch immer nicht dazu gekommen sind, diese Ideen umzusetzen, mit denen Sie uns alle gleich am ersten Tag in Angst und Schrecken versetzt hatten.«

»Aber, Louise, es ist unwirtschaftlich …«

»Es mag unwirtschaftlich erscheinen, Nathalie, aber das ist es nicht. Wir haben hier keinen globalen Markt zu bedienen. Wir exportieren nicht vier Container mit Erbsensuppe nach China, wo eine Einsparung von einem Penny pro Portion nicht nur ein kleines Vermögen ergibt, sondern auch noch lästige Konkurrenz auf die Ersatzbank schickt. Wir haben es hier mit Gästen zu tun, mit Menschen aus Fleisch und Blut. Die Wahrnehmung dieser Gäste ist eine völlig andere, wenn die Bedienung mit einem kleinen Tablett nur für diesen Tisch ankommt oder wenn sie mit einem riesigen Tablett vorbeikommt, dem Gast die Kaffeetasse und das Stück Kuchen hinstellt und zum nächsten Tisch geht. Im ersten Fall fühlt sich der Gast persönlich angesprochen, weil die Bedienung nur für ihn gelaufen ist. Im zweiten Fall kommt es dem Gast wie eine Massenabfertigung vor, weil die Bedienung mit zwölf Tassen Kaffee über die Terrasse eilt und diese auf den Tischen verteilt. Natürlich käme kein Gast auf die Idee, sich darüber zu beschweren, weil das eine unterbewusste Wahrnehmung ist. Aber gerade die führt dazu, dass es den meisten Gästen in unserem Café gefällt. Das ist beim Bestellvorgang nicht anders. Ich weiß, Sie wollen dieses System einführen, bei dem die Bedienung am Tisch auf einem kleinen Tablet die Bestellung eintippt und das Gleiche in der Küche auf dem Monitor erscheint, damit wir schneller das Essen an den Tisch bringen können.«

»Es ist ja nicht nur das, sondern das System ist gleichzeitig mit der Kasse und mit den Beständen verbunden«, argumentierte Nathalie. »Die Vorteile …«

»Die Vorteile bestehen darin, dass mir das System Bescheid gibt, wenn nur noch drei Gläser Senf vorhanden sind und Nachschub bestellt werden muss«, sagte Louise. »Das heißt, wenn ich ein Glas Senf aus dem Vorratsraum hole, sehe ich, ob da noch drei oder fünf Gläser stehen, und dementsprechend notiere ich Senf auf der Liste der Besorgungen. Nathalie, den Großteil der Lebensmittel kaufen wir hier bei den Bauern um die Ecke. Aber wir kaufen nicht immer bei den gleichen Bauern. Wenn ich zum Beispiel Tomaten kaufe, sehe ich mir diese Tomaten an, und wenn die mir bei Higglesby nicht gefallen, kaufe ich sie diese Woche bei den Torysons. Ein automatisierter Bestellvorgang hilft mir nicht weiter, weil ich ohne einen Blick auf die Ware nicht entscheide, was ich nehme. Und abgesehen davon ist der persönliche Kontakt auch von Nutzen, wenn es um den Preis geht. Da wird schon mal ein bisschen mehr in die Kiste gepackt, ohne dass ich dafür bezahle. Oder die Summe wird abgerundet. Per EDV wird das auf das Gramm und den Penny genau erfasst, da gibt es keine Extras mehr.«

Nathalie sah sie missmutig an. »Ist das Ihre ehrliche Meinung?«

»Das ist nicht nur meine ehrliche Meinung, das ist auch die Erfahrung, die ich gemacht habe«, erklärte die Köchin. »Wir sind hier auf dem Land, hier gehen die Uhren anders. Beschränken Sie Ihre Statistik noch eine Weile darauf, die Umsätze und die Kosten zu beobachten. Ich frage Sie, wie Ihnen eine exakte Analyse weiterhilft, die berechnet, welcher Tisch wie viel Umsatz bringt.«

»Wenn man sieht, welches die umsatzschwachen Tische sind, kann man gegensteuern«, antwortete Nathalie und klang wieder so, als wäre sie ganz in ihrem Element.

Louise nickte und sah sie schweigend an, schließlich fragte sie: »Und wie steuern Sie dagegen? Stellen Sie alle Tische nach vorn? Oder schaffen Sie die schwachen Tische ab?«

»Natürlich nicht«, räumte Nathalie ein. »Dann fehlt ja der Umsatz, den der Tisch bringt.«

»Eben. Wir sind kein Konzern, der eine unrentable Filiale schließt, weil es ihm egal ist, was aus den Kunden und den Mitarbeitern wird. Im Black Feather ist das nicht egal. *Ihnen* ist das nicht egal.«

»Ja, Sie haben ja recht, Louise«, lenkte sie ein und ließ

sich nach hinten sinken. »Aber das hier ist mir auch nicht egal. Selbst wenn ich die Möbel weggebe … was mache ich mit all den persönlichen Dingen? Mit der Kleidung? Mit dem Geschirr, mit den Büchern … mit allem?« Sie verdrehte frustriert die Augen.

Louise legte den Kopf in den Nacken und starrte an die Decke, während sie überlegte, wie sie am besten in Worte fassen konnte, was sie Nathalie sagen wollte. Schließlich holte sie tief Luft und begann: »Nehmen Sie etwas von der Kommode da drüben.«

»Was?«, fragte sie verwundert.

»Nehmen Sie irgendein Teil von den Sachen, die auf der Kommode stehen.«

»Welches denn?«

»Ganz egal. Gehen Sie rüber, packen Sie sich ein Teil, ohne hinzusehen und ohne zu überlegen, und dann setzen Sie sich wieder zu mir.«

»Wozu soll das gut sein?«, wollte Nathalie wissen.

»Das erkläre ich Ihnen schon noch«, sagte Louise lächelnd. »Lassen Sie sich überraschen.«

Zögerlich stand Nathalie auf und ging zum Sideboard.

»Und nicht erst hinsehen!«, ermahnte die Köchin sie und sah zu, wie Nathalie tastend nach etwas griff und zur Couch zurückkam.

»Und?«

Nathalie machte die Hand auf und betrachtete die Clownsfigur, die sie erwischt hatte: eine gut fünfzehn Zentimeter große Figur, die einen Mann in bunter, viel zu weiter Kleidung und mit viel zu großen Schuhen zeigte, mit Halbglatze und einem Haarkranz aus knallroten Locken, mit roter Plastiknase und einem aufgemalten, überdimensionierten Lachen im Gesicht. Nathalie verzog unwillkürlich den Mund.

»Scheußlich, nicht wahr?«, fragte Louise.

»Na ja, scheußlich würde ich nicht gerade sagen, aber … aber meiner Tante hat er gefallen.«

»Gefällt er Ihnen, Nathalie?«

Nathalie sah sie betrübt an. »Ganz ehrlich?«

»Ganz ehrlich.«

»Er ist scheußlich.«

Louise nickte zufrieden. »Sehr gut. Aber Sie wissen auch, dass es außer Ihrer Tante noch andere Leute gibt, die diesen Clown süß und hinreißend finden. Was denken Sie, was Henrietta lieber gewesen wäre: dass Sie den Clown behalten, ihn aber in einen Karton packen und in den Keller stellen, weil Sie ihn am liebsten niemals wiedersehen wollen? Oder dass Sie einen kleinen privaten Flohmarkt auf dem Parkplatz veranstalten, wo sich früher oder später ein Sammler einfinden wird, der diesen Clown haben will und der Ihnen gern fünf oder sogar zehn Pfund dafür gibt, wenn Sie ankündigen, dass alle Einnahmen ohne Abzug an das örtliche Tierheim gespendet werden?«

»Ja, ich verstehe, was Sie meinen«, sagte Nathalie einsichtig. »Aber das da drüben sind alles Erinnerungsstücke, die kann ich doch nicht anderen Leuten überlassen.«

»Das sind aber alles Erinnerungen Ihrer Tante, nicht Ihre Erinnerungen, Nathalie. Suchen Sie sich die Dinge heraus, die Ihnen gefallen oder die bei Ihnen eine bestimmte Erinnerung an Henrietta wecken. Und dann trennen Sie sich von dem Rest, egal ob es um Kleidung geht oder um Geschirr oder um diesen Stuhl dahinten.«

»Eigentlich haben Sie recht, Louise …«

»Habe ich doch immer«, warf sie schmunzelnd ein und brachte Nathalie damit zum Lachen. »Wenn Sie Henriettas Kleider der Kleiderkammer überlassen, können sie von anderen Frauen weiterhin getragen werden, die sich nichts Neues leisten können. Genauso das Geschirr und die Kochtöpfe, das Besteck, die Küchengeräte. Andere freuen sich darüber, und Sie sind Ballast los, der Sie nur unnötig runterzieht, weil Sie nicht wissen, wohin mit allem.« Dann fügte sie noch hinzu: »Und was die Kleiderkammer bekommen soll, wird sogar von den Mitarbeitern hier bei Ihnen abgeholt. Sie müssen keinen Finger rühren. Nur den Flohmarkt vor dem Pub müssen Sie selbst organisieren, aber da helfe ich Ihnen gern.«

»Das könnten wir ja auf der Website ankündigen«, überlegte Nathalie und war mit einem Mal von neuem Tatendrang erfüllt. »Und dann …«

Ein Klopfen an der Wohnungstür ließ sie mitten im Satz abbrechen. »Ja?«

»'ector Peroux, Mademoiselle«, war von der anderen Seite der Tür eine längst vertraute Stimme mit einem ebenso vertrauten Akzent zu hören. »Darf isch so spät noch stören?«

Nathalie sah auf die Wanduhr und wunderte sich, wo die Zeit geblieben war. Schon Viertel nach zehn. »Ja, kommen Sie ruhig rein, Mister Peroux.«

Er trat ein und nahm den Hut ab, dann nickte er beiden Frauen zu. »Isch wünsche einen guten Abend.«

»Bonsoir, Monsieur Peroux«, antwortete Louise lächelnd.

»Haben Sie etwas erreicht?«, wollte Nathalie wissen. »Hat jemand etwas erzählt, was uns weiterhilft? Irgendeine Beobachtung?«

Der Detektiv hob abwehrend die Hände. »Sehr viele Leute 'aben mir sehr viel erzählt, über die Lebenden und die Toten. Aber isch muss diese Dinge alle erst einmal in meinem Kopf sortieren. Das wird noch eine Weile dauern, und da isch für gewöhnlich spätestens um zehn Uhr zu Bett ge'e, wäre es mir recht, wenn wir morgen früh über meine Erkenntnisse reden könnten. Wenn isch nicht ausgeruht bin, dann arbeitet mein scharfer Verstand nicht so, wie es nötig ist.«

»Ja, natürlich, Mister Peroux«, erwiderte Nathalie. »Wir haben auch schon ein paar Dinge zusammengetragen, dann können wir gemeinsam überlegen, wer unter Verdacht stehen könnte. Wenn es Ihnen recht ist, gleich morgen früh um neun auf der Terrasse, dann ist es da vorn noch nicht so warm.«

»*Très bien. Bonne nuit*, die Damen.«

Nachdem er wieder gegangen war, meinte Louise: »Seltsamer Kauz. Wie kommt man bloß auf die Idee, sich Hercule Poirot zum Vorbild zu nehmen?«

»Als Miss Marple wäre er ein noch seltsamerer Kauz«, gab Nathalie lachend zurück. »Kommen Sie, setzen wir uns in den Pub und trinken noch was.«

»Einverstanden«, meinte die Köchin. »Aber nur, wenn wir uns an den umsatzschwächsten Tisch setzen, um seine Position zu verbessern.«

»So viel Cider könnte ich nicht trinken, um den Tisch aus den roten Zahlen zu holen«, sagte sie.

»Cider? Habe ich Sie etwa auf den Geschmack gebracht?«, erkundigte sich Louise interessiert.

»Kann man so sagen, Louise«, gestand Nathalie ihr ein. »Ich hab den zwar ein paar Mal auf Getränkekarten gesehen, aber mir nie Gedanken darüber gemacht, was das ist und wie es schmeckt.« Sie stand auf und stellte den Clown zurück auf das Sideboard. Als sie sich auf dem Weg zur Tür umsah, nahm sie das Wohnzimmer ihrer Tante auf einmal völlig anders wahr. Was sie nun sah, erschien ihr nicht länger wie ein gigantischer Klotz am Bein, sondern es war jetzt zu einer Aufgabe zusammengeschrumpft, die sich bewältigen ließ. Zuversichtlicher als zuvor ging sie mit Louise nach vorn in den Pub.

»Hm«, machte Louise, als sie auf ihr Smartphone sah und es zurück auf den Tisch legte. »Ich hätte gedacht, dass ein Monsieur Peroux pünktlich ist. Vor allem, wenn er von seinem Zimmer bis zum Treffpunkt keine neunzig Sekunden braucht.«

»Vielleicht war der gestrige Abend für ihn anstrengender als erwartet«, gab Nathalie zu bedenken. »Wenn er ein paar Bier zu viel getrunken hat …«

»Unmöglich«, widersprach Louise. »Wenn er von zu Hause Bier gewöhnt ist, dann muss ihm unser Bier wie Spülwasser vorkommen. Die Belgier haben Hunderte Sorten Trappistenbier, das in den Abteien gebraut wird. Das Zeug ist zum Teil so stark, dass sogar trinkfeste Leute nach zwei Gläsern aufhören müssen. In London gibt es ein Geschäft, da können Sie Bier aus aller Welt kaufen. Wenn ich das nächste Mal da bin oder wenn ich von jemandem Besuch bekomme, lasse ich für Sie eine Flasche mitbringen.«

»Jetzt haben Sie mich neugierig gemacht«, sagte Nathalie und strich sich die Haare aus der Stirn, die vom Duschen noch etwas feucht waren. Die Sonne war schon vor einer Weile über dem Horizont aufgestiegen, aber noch sorgten die Strahlen für eine angenehme Wärme. Eine kurze Jeans und T-Shirt und dazu Sandaletten waren genau die richtige Kombination für dieses Wetter. »Ach, übrigens«, fügte sie dann noch an. »Ich habe heute Morgen mit Megan telefoniert, um zu hören, wie es ihr geht. Sie hat ziemlich schlecht geschlafen, weil ihr die Bilder ihres Onkels nicht aus dem Kopf gehen wollen.«

»Das heißt, ich nehme sie erst einmal vom Dienstplan, richtig?«, vergewisserte sich Louise.

»Ganz richtig. Ich habe ihr empfohlen, einen Psychologen aufzusuchen«, redete Nathalie weiter. »Und ich habe mit ihr vereinbart, dass sie sich wenigstens für ein paar Tage bei ihrer Schwester in Dover einquartiert. Ihr Freund muss für drei Wochen auf Montage nach Schottland, und ich fände es nicht gut, wenn sie ganz allein zu Hause wäre.«

Die Köchin nickte zustimmend. »Eine gute Lösung. Einen Psychologen findet sie da schließlich auch.«

»Genau. Aber noch viel wichtiger ist, dass ihre Schwester vor ein paar Wochen Mutter geworden ist, und wenn Megan ihr mit den Zwillingen hilft, ist das meines Erachtens die beste Form von Abwechslung, die sie bekommen kann.«

»Sie haben nicht zufällig …«

»… gefragt, ob sie uns etwas über ihren Onkel sagen kann?«, führte Nathalie die Frage zu Ende. »Doch, das habe ich. Aber sie sagt, dass sie ihren Onkel eigentlich nur selten besucht hat. Von irgendwelchen illegalen Aktivitäten ist ihr nichts bekannt, sie weiß nur, dass ihre Eltern mit ihm seit Jahren nichts mehr zu tun hatten. Es muss da einen Streit gegeben haben, aber Details kennt sie nicht.«

»Wir sollten ihre Eltern fragen«, schlug Louise vor.

»Sollten wir, können wir aber nicht. Die befinden sich seit zwei Monaten auf einem Selbstfindungstrip in Indien, und die nächsten zwei Monate sind sie für niemanden zu sprechen, weil auch niemand weiß, wo genau sie sich aufhalten.«

»Zu dumm«, murmelte die Köchin und zuckte mit den Schultern. »Aber dann scheiden die Eltern zumindest als Täter aus.« Wieder sah sie auf die Uhr. »Wo bleibt denn bloß dieser …«

»Bon matin, Mademoiselle Cartham, Mademoiselle Ames«, wurde Nathalie von einer bekannten Stimme unterbrochen.

Sie drehte sich um und entdeckte Peroux, der sich

vom Dorf aus kommend ihrem Tisch näherte. Heute trug er einen lindgrünen Anzug, den gleichen Hut wie gestern und dazu mittelbraune Halbschuhe, die ein paar Schrammen abbekommen hatten.

»Guten Morgen. Woher kommen Sie denn, Mister Peroux? Wir sitzen hier und haben die Tür im Blick, durch die Sie kommen müssten, und jetzt stehen Sie auf einmal hinter uns?«

»Isch 'abe einen Spaziergang gemacht«, erklärte er. »'ector Peroux macht jeden Morgen einen Spaziergang. 'atte isch das nicht erwähnt? Das 'ilft mir beim Nachdenken.«

»Wie früh sind Sie denn aufgebrochen?«, wollte Louise wissen. »Ich war die ganze Zeit über in der Küche. Wieso habe ich Sie nicht vorbeigehen sehen? Oder haben Sie sich abgeseilt?«

Peroux begann von Herzen zu lachen, dann zeigte er auf seinen Anzug. »Isch glaube nicht, dass isch das geschafft 'ätte, ohne meinen Anzug zu besudeln. *Non, non.* Aber ernsthaft: Als isch um sechs Uhr rausgegangen bin, war die Küche noch geschlossen.«

»Unmöglich, ich mache die Küche immer um sieben Uhr auf, damit … Augenblick mal, was haben Sie da gerade gesagt, wann Sie vorbeigekommen sind?«

»Um sechs Uhr. Vielleicht war es auch zwei Minuten nach sechs, aber sicher nicht später.«

Louise sah ihn ungläubig an. »Sie unternehmen um sechs Uhr morgens Ihre Spaziergänge?«

»Oui«, bestätigte Peroux. »Dann kann isch am besten nachdenken. Zudem ist es 'ier so wunderschön und so ru'ig und so idyllisch.«

»Sie sind drei Stunden durch die Gegend spaziert?«, fragte jetzt auch Nathalie. »Und dabei wirken Sie, als wären Sie nur einmal um das Haus herumgegangen.«

»Nun, isch wäre pünktlich wieder 'ier gewesen, wenn isch gewusst 'ätte, dass da ungefähr ein Kilometer Strecke über eine schmale Straße verläuft, die zu beiden Seiten von einer 'o'en Mauer gesäumt wird.« Er schüttelte sich bei dem bloßen Gedanken an dieses Erlebnis. »Es ist eine sehr kurvenreiche Strecke, und ständig ist man der Gefahr ausgesetzt, von einem um die nächste Kurve kommenden Wagen erfasst zu werden. Isch musste einen großen Umweg machen, um dieses kleine Stück Straße zu umgehen, und nur deshalb bin ich zu spät.«

»Zu spät sind Sie genau genommen ja gar nicht«, sagte Louise und deutete auf den freien Stuhl. »Wir hatten ausgemacht, dass wir ab neun Uhr hier sind, und jetzt sind Sie ja da.«

»*Oui, c'est vrai.* Isch bin jetzt 'ier.« Er nahm Platz und legte den kleinen Aktenkoffer vor sich auf den Tisch.

»Der ist wohl immer Ihr treuer Begleiter, wie?«

»*Oui,* irgendwo muss isch mein Tablet und meinen Notizblock und die Kamera und alle anderen *accessoires* unterbringen, um meine Arbeit zu erledigen.« Er klappte den Koffer auf und holte den erwähnten Notizblock heraus, dann sah er der Reihe nach Louise und Nathalie an. »Wer fängt an?«

»Ehrlich gesagt bin ich viel zu neugierig, um selbst anzufangen«, gestand Louise. »Ich möchte einfach zu gern wissen, was Sie mit Ihrer Art zu ermitteln herausgefunden haben.«

»*Très bien*«, antwortete er. »Isch war in verschiedenen Geschäften rund um den Marktplatz, und isch 'abe auch diesen Pub aufgesucht. Den mit dem seltsamen Namen. Jim's Old Chair. Isch 'abe vorgegeben, bei Burlington ein Gemälde kaufen zu wollen, aber erst einmal seine ›Nachbarn‹ zu fragen, welchen Eindruck sie von dem Mann 'aben. Isch 'abe erklärt, dass isch einen 'ändler zuerst einmal danach beurteile, wie er sich als Mensch verhält. Ist er ein schlechter Mensch, dann ist er auch ein schlechter 'ändler.«

»Ein überzeugendes Argument«, fand Nathalie. »Das weckt bei niemandem Misstrauen.«

»*Merci*«, sagte er lächelnd und zwirbelte eine Seite seines Schnurrbarts. »Was isch bekommen 'abe, ist ein sehr … wie soll isch sagen … ein sehr gemischtes Bild, sehr unein'eitlich. Einige Bewohner von Earlsraven 'alten ihn für *très sympathique.* Einige 'aben keine Meinung zu ihm, weil sie mit ihm noch nie zu tun 'atten. Und dann gibt es einige Personen, die ihn mindestens nicht mögen, aber in sehr unterschiedlicher Intensität. Isch lasse erst einmal alle diejenigen weg, die ihn bloß als unfreundlich und Ähnliches bezeichnen. Isch mag auch nicht jeden Taxifahrer, der mich durch die Gegend fährt, aber ich bringe nur des'alb noch lange keinen von ihnen um.« Er suchte etwas auf seinem Notizblock, dann nickte er flüchtig. »Isch 'abe drei Kandidaten ausfindig machen können, die als Verdächtige infrage kommen könnten. Da wäre zum einen 'arold Jacoby, ein Wein'ändler aus Bluegate, der von Burlington – wie er selbst sagte – über den Tisch gezogen wurde. Isch musste erst nachfragen, um zu verstehen, dass das so viel wie ›betrogen‹ 'eißt. Jacoby 'atte vor etwa drei Jahren bei einer Geschäftsauflösung eines Konkurrenten sehr günstig drei Kisten mit kalifornischem Wein erstanden, die Burlington ihm für zwei'undert Pfund abgekauft 'atte. Erst später stieß Jacoby bei einer Internetauktion auf einen Anbieter, der eine Flasche von exakt diesem Jahrgang für fast tausendneun'undert Pfund versteigert hatte. Er begann zu recherchieren und fand 'eraus, dass das Weingut in Napa Valley drei Tage nach dem Versand dieser Kisten einer Feuersbrunst zum Opfer gefallen war, die von einem benachbarten Wald auf das Anwesen übergesprungen war. Die übrigen Kisten wurden ein Raub der Flammen, und damit besteht der letzte Jahrgang aus diesen drei Kisten oder sechsunddreißig Flaschen. Burlington 'at damit ein kleines Vermögen verdient, und Jacoby war fest davon überzeugt, dass der Antiquitätenhändler schon beim Kauf der Kisten wusste, um was für einen Schatz es sich 'andelte. Natürlich hat er sich geweigert, den Kauf rückgängig zu machen, und genauso 'at er Jacoby auch nicht an seinen Einnahmen teilhaben lassen, von denen Jacoby bis 'eute vermutet, dass er die Flaschen privat verkauft hat, um keine Steuern zahlen zu müssen.«

»Ja, das wäre nachvollziehbar, dass Jacoby eine Gelegenheit gesucht hat, um sich zu rächen und um sich das entgangene Geld zu holen«, überlegte Nathalie. »Aber ob das ein Mordmotiv ist … ich weiß nicht.«

»Laut Monsieur Jacoby hat Monsieur Burlington keine Gelegenheit ausgelassen, um ihn damit aufzuziehen«, ergänzte Peroux. »Er soll ihn immer wieder gefragt 'aben, ob er nicht mal wieder ein Sonderangebot für ihn 'at.«

Louise nickte bestätigend. »Jacoby haben wir auch auf unserer Liste, genau wegen dieser Sache mit dem Wein. Dass Burlington später immer wieder gestichelt hat, ist mir allerdings neu. Das macht ihn gleich etwas verdächtiger.«

»Das se'e isch auch so«, sagte Peroux.

»Nummer zwei?«, fragte Nathalie.

»*Numero deux* sind die Geschwister Rosie und Pete Waycroft, die einzigen Verwandten von 'elen Waycroft. Als 'elen vor zwei Jahren starb, lösten ihre Kinder ihren 'aus'alt auf, da sie beide als Wissenschaftler in Cambridge tätig sind. Burlington nahm alle Möbel mit, einen Teil davon verkaufte er, den Rest ließ er als Sperrmüll entsorgen«, sagte Peroux. »Erst Wochen später tauchte ein Testament auf, in dem Madame Waycroft ent'üllte, dass der Schreibtisch aus dem späten 19. Jahr'undert über mehrere Ge'eimfächer verfügte, in denen ihre Eltern im Zweiten Weltkrieg das von deren Eltern geerbte Gold versteckt 'atten. Sie selbst 'atte das Ge'eimnis erst aus dem Testament ihrer Eltern erfahren, es war verbunden mit der Auflage, das Gold nur im Notfall zu verkaufen und selbst auch nur im Testament etwas zu verraten.«

»Aber der Schreibtisch war bereits bei Burlington, und der wollte ihn nicht herausgeben?«, fragte Nathalie, die sich mit den Funden von Louise absichtlich noch nicht vertraut gemacht hatte, um sich das Ganze unvoreingenommen anzuhören.

»Schlimmer, Mademoiselle Ames«, erwiderte er ernst. »Der Schreibtisch war bereits von der Müllabfuhr abgeholt worden. Burlington behauptete, das 'olz sei so verrottet gewesen, dass der Schreibtisch beim Abladen auf seinem 'of auseinandergebrochen sei. Er 'abe ihn dann in seine Einzelteile zerlegt, aber dabei kein Gold gefunden. Natürlich 'aben die Waycrofts ihm kein Wort geglaubt, aber das Gegenteil konnten sie ihm auch nicht mehr beweisen.«

»Und der Schreibtisch war bereits geschreddert worden, um ihn für Pressholz wiederzuverwenden«, fügte Louise hinzu. »Spätestens beim Schreddern wäre das Gold entdeckt worden, also befand es sich zumindest nicht mehr in irgendwelchen Teilen des Tischs, als er bei Burlington abgeholt wurde. Wann es aus den Verstecken geholt wurde oder ob es überhaupt jemals in irgendwelchen Fächern deponiert worden war, lässt sich nicht mehr nachvollziehen.«

Peroux nickte zustimmend. »Es ist auch denkbar,

dass die Eltern von Madame Waycroft das Gold wieder entnommen und einfach vergessen 'atten, dass im Testament davon die Rede war. *Bien,* kommen wir zu *numero trois*«, sagte er und hielt drei Finger hoch. »Die achtzehn Jahre alte Simone Cook ist an einem Abend vor vier Jahren gegenüber der Einfahrt zu Burlingtons Grundstück aus unerklärlichen Gründen mit ihrem Motorroller gegen einen Baum gefahren und 'at sich dabei so schwer verletzt, dass sie noch an der Unfallstelle verstarb. Untersuchungen ergaben, dass sie nach dem Zusammenprall mit dem Baum noch mindestens zwei Stunden gelebt 'at und wohl auch bei Bewusstsein war. Niemand konnte Burlington etwas nachweisen, aber alle sind davon überzeugt, dass er an dem Abend mit seinem Wagen aus der Einfahrt auf die Straße geprescht kam, was er wohl regelmäßig gemacht 'aben muss. Mademoiselle Cook wollte ihm ausweichen, 'at die Kontrolle über ihren Roller verloren und wurde gegen den Baum geschleudert. Burlington 'at das gese'en, ist zurück auf sein Grundstück gefahren, ins 'aus zurückgekehrt und 'at den Abend da'eim verbracht, während schräg gegenüber eine junge Dame vergebens um ihr Leben kämpfte, das er 'ätte retten können. Allerdings wäre dann auch seine Beteiligung an dem Unfall ans Licht gekommen, und man 'ätte ihn wegen Körperverletzung belangen und ihn auf Schadenersatz verklagen können.«

»Das ist natürlich nur die Mutmaßung der Cooks«, fügte Louise hinzu. »Es klingt alles sehr schlüssig, aber es gibt nicht den kleinsten Hinweis darauf, dass es sich tatsächlich so zugetragen hat. Es kann auch sein, dass Simone einen Fahrfehler begangen hat und niemanden sonst eine Schuld trifft.«

Peroux nickte zufrieden. »Dann 'abe isch unab'ängig von Ihnen die gleichen Verdächtigen ermitteln können, obwohl isch erst seit gestern in Earlsraven bin.«

Louise und Nathalie lächelten ihn anerkennend an. »Sie sind wirklich gut, Mister Peroux. Dann sollten wir jetzt …«

»Warten Sie bitte, Mademoiselle Cartham«, unterbrach der Belgier sie. »Isch kann Ihnen noch ein *encore* bieten.«

»Ein *encore?*«

»Ja, wie sagt man … ein ›Wir wollen mehr‹ … eine Zugabe, *oui*, eine Zugabe.«

Nathalie und Louise sahen sich ratlos an. »Was sollen wir darunter verstehen?«, wollte Nathalie wissen.

»Nun, sehen Sie, isch 'abe gestern Abend eine gewisse Madame Ritchie kennengelernt …«

»Elinor Ritchie«, warf Louise ein. »Verwitwet, leitet den Kirchenchor.«

»Als isch im Pub Madame Ritchie zuerst ansprach, sagte sie, sie könne mir nicht be'ilflich sein, weil sie mit Burlington noch nie zu tun ge'abt 'abe. Als sie sich später auf den 'eimweg machte, ließ sie scheinbar zufällig ihren Schlüsselbund genau neben meinem Stuhl fallen. Wir bückten uns beide, und sie flüsterte mir zu, isch solle in zehn Minuten in die Gasse neben dem Juwelier kommen. Dann verließ sie den Pub. Isch ließ einige Minuten verstreichen und tat dann so, als müsste ich unbedingt nach draußen gehen und frische Luft schnappen. Draußen war alles verlassen, da es bereits nach Geschäftsschluss war. In der besagten Gasse wartete Madame Ritchie auf mich und konnte mir Folgendes berichten …«

Unwillkürlich beugten sich Louise und Nathalie gebannt vor.

»Vor ungefähr zwei Wochen 'at sich Madame Ritchie mit einer Engelsstatue auf den Weg zu Monsieur Burlington gemacht, um sie ihm zu verkaufen oder um sie zumindest schätzen zu lassen. Dort angekommen, wurde sie Zeugin eines heftigen Streits zwischen einer Mademoiselle Brinkley und Monsieur Burlington. Mademoiselle Brinkley brüllte ihn an, dass er ›das‹ noch teuer bezahlen werde. Er erwiderte, e'er werde er sie umbringen, bevor sie auch nur eine Chance 'ätte, noch einmal in seine Nä'e zu gelangen. Sie stürmte nach draußen, während Madame Ritchie im Laden stand und nicht wusste, was sie tun sollte. Nachdem Mademoiselle Brinkley abgefahren war, sah Burlington sich den Engel an und sagte zu Madame Ritchie, er könne ihr neunzig Pfund dafür geben. Und dann fügte er noch 'inzu, dass sie lieber annehmen solle, bevor Mademoiselle Brinkley ihre Drohung wahrmache und ihn umbringe.«

»Steph Brinkley? Die ist für uns immer noch ein unbeschriebenes Blatt«, sagte Louise. »Und zwar in jeder Hinsicht. Sie ist hier in Earlsraven noch nie aufgefallen, und sie ist hier auch noch nie angefeindet worden.«

Eine Kellnerin brachte Peroux eine Tasse Kaffee und ein Sandwich mit Erdbeerkonfiture, außerdem ein gekochtes Ei. Er bedankte sich und begann das Ei zu pellen.

»Mister Peroux, entschuldigen Sie die Frage, aber ich weiß absolut sicher, dass Sie nichts bestellt haben, seit Sie sich zu uns an den Tisch gesetzt haben. Wieso bringt Jackie Ihnen ein Frühstück?«

Der Belgier lächelte sie an. »Vielleicht ist es Zauberei, vielleicht Telepathie? Nein, weder noch. Es ist nichts weiter als ein Notizzettel auf der Kuchentheke, auf dem die Bitte steht, mir diese Dinge zu bringen, sobald ich mich 'ier auf der Terrasse zu Ihnen gesetzt 'abe.« Während er redete, fielen am Nebentisch zwei Kohlmeisenpärchen über die Überreste einer Scheibe Marmorkuchen her, die ein ganz früher Gast zum Frühstück bestellt, aber nur zu etwas mehr als der Hälfte gegessen hatte. Die gelb-schwarzen Vögel umschwirrten sich gegenseitig und zeterten unentwegt. Dabei schien der Kampf um das Essen wichtiger zu sein als das Essen selbst, denn schließlich war das Stück noch so groß, dass sie zu viert nebeneinander hätten sitzen können, um sich das buchstäbliche Stück vom Kuchen zu sichern. Auf dem Dach des Black Feather stolzierten unterdessen zwei Krähen auf dem First umher und untersuchten jede Ritze auf Essbares.

»Und mehr hat Mrs. Ritchie nicht gesagt?«, fragte Nathalie, um zum eigentlichen Thema zurückzukommen.

»Nein. Außer, dass sie Angst 'at. Angst um ihr Leben.«

»Warum hat sie sich nicht an unseren Constable gewandt?«

»Das 'abe ich sie auch gefragt«, erwiderte der Detektiv. »Darauf sagte sie, die Polizei könne ohne'in nichts unternehmen, solange die andere Seite nicht schon irgendetwas getan 'abe. Darum 'at sie mir das auch alles in dieser Gasse erzählt, wo uns niemand beobachten konnte. Zumindest 'offe ich das für Madame Ritchie. Isch 'abe dann die Gasse in Richtung Marktplatz verlassen, während sie in die andere Richtung losgeeilt ist. Isch nehme an, sie ist nach 'ause gelaufen. Ich bin zum Pub zurückgeschlendert und 'abe mich wieder an meinen Tisch gesetzt, um noch ein Glas von dem zu trinken, was ihr Engländer so gern als ›Beer‹ bezeichnet, was aber mit einem richtigen Bier nichts zu tun hat. Isch 'ätte gern einen der anderen Gäste gefragt, ob jemand mehr über den Streit zwischen Mademoiselle Brinkley und Monsieur Burlington weiß … ob jemand etwas über die 'intergründe weiß … aber isch 'abe dann davon doch wieder Abstand genommen, weil isch befürchtete, dass jemand den Zusammenhang zu Madame Ritchie hergestellt 'ätte. Mit Blick auf die Ängste, die diese Frau aussteht, wäre das unverantwortlich gewesen.«

»Dann sollten wir Miss Brinkley mit auf unsere Liste setzen, damit Ronald sie auch befragt«, murmelte Louise, gerade als ihr Handy klingelte. Sie sah aufs Display und grinste: »Na, wenn man vom Teufel spricht … Ronald, was gibt es?«

»Wir sind hier bei Burlington«, sagte er ohne Vorrede. »Wenn ihr Zeit habt, dann kommt gleich mal rüber. Es gibt hier was zu sehen.«

»Was denn? Habt ihr die Münzen schon gefunden?«

»Nein«, antwortete der Constable. »Aber das ist auch sehr … interessant.«

Fünftes Kapitel, in dem ein überraschender Fund das Opfer in ein neues Licht rückt

»Eine unserer Polizeianwärterinnen kam – als Einzige von zwölf jungen Damen und Herren, möchte ich betonen – auf die exzellente Idee, die Bodenbretter nach Hohlräumen abzusuchen«, erklärte Strutner, als sie zwanzig Minuten später auf den Parkplatz neben der Antiquitätenhandlung gefahren waren, wo der Constable sie bereits erwartete. »Darf ich vorstellen? Frances Aldwood, die Frau mit dem sechsten Sinn.«

»Ich würde sagen, sie hat sich damit um genügend Bonuspunkte verdient gemacht, dass ihr ein Arbeitsplatz sicher ist, oder, Constable?«, fragte Nathalie und nickte der jungen Frau mit dem schwarzen Bob zu, die ein wenig verlegen dreinschaute.

»Meine Empfehlung bekommt sie auf jeden Fall.«

»Und was genau 'at die junge Dame entdeckt?«, wollte ein sichtlich ungeduldiger Peroux wissen. »Welche …

wie sagt man … Leichen 'at Monsieur noch im Keller neben all den unschönen Dingen, von denen isch bislang ge'ört 'abe? So sagt man das doch, das mit den Leichen, oder nicht?«, fragte er irritiert, als er sah, wie Strutner leicht zusammenzuckte.

»Ja, das sagt man so«, bestätigte der Constable und bedeutete den dreien, ihm in einen kleineren Nebenraum zu folgen, in dem Burlington eine beachtliche Auswahl an alten Schreibmaschinen zusammengetragen hatte, die auf langen stabilen Werkbänken aufgereiht standen. Eine Werkbank war leer geräumt worden, um sie zur Seite schieben zu können. Mehrere Bodenbretter hatte man herausgelöst und neben dem entstandenen Loch abgelegt. Dann zeigte er in den Hohlraum unter dem Boden und ergänzte: »Nur ist das mit den Leichen normalerweise nichts weiter als eine Redewendung.«

Sie machten noch einen Schritt nach vorn, der genügte, um einen Blick in das Loch im Fußboden zu werfen. Zwei Menschen lagen dort unten, umhüllt von einer Plastikfolie, unter der sie aussahen, als würden sie lediglich schlafen. »'at man die zwei vakuumverpackt? Oder liegen die erst seit drei Tagen da unten?«, wollte Peroux wissen, der die beiden bis zur Taille freigelegten Toten mit unübersehbarer Neugier betrachtete.

»Das sind die Howletts«, erklärte Louise und ging um das Loch im Boden herum, damit sie mit der Taschenlampe an ihrem Smartphone den Bereich ausleuchten konnte, der noch von Brettern bedeckt war. »Jonathan und Gillian Howlett. Beide sind vor über zehn Jahren nach Australien ausgewandert. Jedenfalls offiziell. Burlington hatte ihnen den Hof abgekauft, und sie wollten das Land verlassen. Sie haben damals noch eine große Abschiedsparty gegeben, und am nächsten Morgen sind sie sehr früh zum Flughafen gefahren. Es gab noch eine Ansichtskarte für ein paar Freunde, was später bekannt wurde, als sich viele Leute zu wundern begannen, warum sie gar nichts mehr von den Howletts hörten.«

»Ja, ich erinnere mich, dass ich von vielen aus dem Dorf angesprochen wurde«, meldete sich der Constable zu Wort, »ob ich nicht jemanden bei der australischen Polizei auf die Suche nach den beiden ansetzen könnte, weil es nie wieder ein Lebenszeichen von ihnen gegeben hat. Die Kollegen da unten nahmen zwar die Daten auf, aber sie machten mir erst gar keine Hoffnung, dass sie sich in absehbarer Zeit bei mir melden würden. Schließlich gab es keinen konkreten Anhaltspunkt für eine Gefahr für ihr Leben, außerdem ist es nicht ungewöhnlich, dass Auswanderer sich nie wieder bei den Leuten aus ihrem alten Umfeld melden, auch wenn sie das vorher hoch und heilig versprochen haben. Viele schließen komplett mit dem alten Leben ab und konzentrieren sich ganz auf das neue.« Nach einer kurzen Pause fügte der Constable hinzu: »Und mir wurde auch gesagt, dass Australien nun einmal zu großen Teilen äußerst lebensfeindlich sei, auch wenn das viele nicht wahrhaben wollen. Eine Reifenpanne irgendwo mitten im Outback kann zu einer tödlichen Falle werden, und je nachdem, wo der Wagen gestrandet ist, kommt da wochenlang niemand vorbei, und dann ist es längst zu spät.«

»Wenn von dort Ansichtskarten an ein paar Leute geschickt wurden, ist auf jeden Fall irgendjemand in Australien angekommen«, folgerte Peroux. »Also 'at jemand an ihrer Stelle das Land verlassen. Jemand, der gesucht wurde. Auf den vielleicht sogar eine Belohnung ausgesetzt war. Jemand, den eine lange Gefängnisstrafe erwartete.«

»Jemand von diesem Schlag, ganz richtig«, stimmte Louise ihm zu. »Und ich möchte wetten, dass Burlington sich das auch noch gut hat bezahlen lassen.«

»Es sei denn, jemand hatte bei ihm noch etwas gut«, gab Nathalie zu bedenken. »Aber ich möchte bezweifeln, dass wir das noch aufklären können.«

»Darüber können wir uns später immer noch Gedanken machen«, fand Peroux. »Es ist e'er unwahrscheinlich, dass nach zehn Jahren jemand auf die Idee kommt, Burlington zu töten, um einen Mitwisser auszuschalten. Immer'in 'ätte der Mann zehn Jahre lang jedem erzählen können, wen er anstelle der 'owletts außer Landes geschafft 'atte. Das würde einen Mord zu einem sinnlosen Unterfangen machen.«

»Mord muss nicht immer einen Sinn haben, Mister Peroux«, betonte Nathalie.

»Wem sagen Sie das, Mademoiselle?«, seufzte der Belgier und beugte sich über das Loch im Boden. »Sie sind tatsächlich luftdicht verpackt, *n'est-ce pas?* Wer 'at eine Maschine zur 'and, mit der man einen Menschen in Folie verpacken und einschweißen kann?«

»Burlington«, antwortete Strutner und deutete mit dem Daumen über seine Schulter. »Die Howletts haben früher Rind- und Schweinefleisch aus Hausschlachtung verkauft, und in der hinteren Halle steht die ganze Maschinerie zur Verfügung. Es war für Burlington ein Leichtes, die beiden zu erschlagen und einzuschweißen, um sie dann da zu verstecken.«

»Ein gut durchdachtes Verbrechen«, sagte Peroux fast lobend. »Niemand vermisst die Opfer, niemand kommt auf die Idee, sie könnten *la Royaume-Uni* über'aupt nicht verlassen 'aben.«

»Wen haben sie nicht verlassen?«, fragte Strutner. »Laro… was?«

»*La Royaume-Uni*«, wiederholte Peroux. »Ihre 'eimat, Constable. Ihren Arbeitgeber, wenn Sie so wollen. Das Vereinigte Königreich.«

»Oh«, machte der Constable, verzog dann aber den Mund. »Wie heißt das in Frankreich?«

»Belgien«, warf Peroux offenbar reflexartig ein.

»Ja, oder Belgien. Wie heißt das?«

»*La Royaume-Uni*«, sagte Peroux noch einmal.

»Lieber Himmel, da hat man ja nachher einen Knoten in der Zunge«, stöhnte Strutner.

»Und die Münzen? Was ist damit?«, wollte Nathalie wissen, um zum Thema zurückzukommen.

Der Constable zuckte mit den Schultern. »Weil wir hier ganz systematisch vorgehen und nichts übersehen wollen, setzen wir die Suche erst fort, wenn die beiden Toten abgeholt worden sind und die Spurensicherung ihre Arbeit erledigt hat.« Er sah auf die Uhr. »Zehn nach elf. Das kann noch dauern.«

»Constable?«

»Ja, Mike?«, fragte Strutner den jungen Mann, der damit beschäftigt war, Fotos vom Schreibtisch und von allem zu machen, was sich darauf befand. Er hatte offenbar soeben damit begonnen, den Stapel Papiere auf der rechten Seite Blatt für Blatt zu erfassen.

»Wussten Sie, dass der PC noch eingeschaltet ist?«

»Der PC?«

»Ja, der Computer war wohl auf Stand-by. Ich weiß nicht, ob das interessant ist, was hier zu sehen ist, aber das ist die Website der Polizei.«

Der Constable sah Nathalie und Louise an. »War der PC gestern an oder aus?«

»Keine Ahnung«, sagte die Köchin. »Der Bildschirm war dunkel.«

»Ich habe auch nichts gesehen«, bestätigte Nathalie. »Aber ich war auch nicht in die Nähe der Maus oder der Tastatur gekommen. Wenn der Computer gestern noch eingeschaltet war, dann war er da schon auf Stand-by gegangen, weshalb uns auch nichts auffallen konnte.«

Sie gingen um den Schreibtisch herum, der Polizeianwärter zeigte auf den Monitor, dann widmete er sich weiter seiner Aufgabe, die Dokumente zu erfassen.

»Das ist ja die Vase«, stellte Louise verwundert fest. »Wieso ist die auf der Website der Polizei?«

»Weil jemand sie als gestohlen gemeldet hat.« Der Constable scrollte ein Stück weit nach unten, dann stieß er einen leisen Pfiff aus. »Der Eigentümer bietet eine Belohnung in Höhe von zwanzigtausend Pfund. Was ist das verdammte Ding denn dann wert?«

»Wenn es keine Fälschung ist, mindestens zweiein'alb Millionen«, antwortete Peroux. »Diese Vase dort ist eines von mehreren Objekten, nach denen isch schon seit Jahren Ausschau 'alte. Dass sie jetzt und 'ier einem 'ändler wie Monsieur Burlington angeboten wird, ist sehr seltsam, und es ergibt eigentlich keinen Sinn.«

»Wieso ergibt es keinen Sinn?«, wollte der Constable wissen.

»Weil Monsieur Burlington kein *expert* für solche Objekte ist, Constable Strutner. Der Dieb würde sich mit dieser Vase an einen Spezialisten wenden, der zum einen den wahren Wert kennt und der auch auf An'ieb sagen kann, ob er eine Fälschung vor sich 'at oder nicht. Zum anderen hätte dieser Spezialist Kontakte zu wohl'abenden Sammlern, die eine solche Vase in ihrem 'aus in einen Raum stellen würden, zu dem niemand sonst Zutritt hat, um ganz für sich allein die Schön'eit dieses Kunstwerks bewundern zu können.«

»Und wenn diese alte Frau – diese Miss Maypeny – zufällig an die Vase gelangt ist?«, gab Louise zu bedenken. »Angenommen, ihr Mann war Kunstdieb oder Hehler, und er hat die Vase für eine Weile bei sich im Keller zwischengelagert, um sie von der Bildfläche verschwinden zu lassen. Dann kommt er bei einem Verkehrsunfall ums Leben, die Frau entrümpelt den Keller und entdeckt die Vase. Sie hat keine Ahnung, was die wert ist, also sucht sie eine Antiquitätenhandlung auf und hofft, ein paar Pfund dafür zu bekommen.«

»Theoretisch wäre das zwar denkbar«, gestand Peroux ihr zu. »Aber Monsieur Burlington 'at zunächst seinen Kunstkatalog 'inzuzie'en müssen, um festzustellen, was er da überhaupt vor sich 'at. Der Katalog 'at ihn erst auf den aktuellen Schätzwert aufmerksam werden lassen, und dabei muss ihm eine … wie sagt man … eine Lampe aufgegangen sein …«

»Ein Licht aufgegangen, sagt man«, korrigierte ihn Louise.

»*Oui, oui.* Ein Licht«, murmelte er. »Erst durch den Katalog ist er darauf gestoßen, welchen Wert das Objekt vor ihm auf dem Schreibtisch ge'abt 'at. Und erst darauf'in wird er sich die Website der Polizei angesehen 'aben, wo er abermals auf die Vase gestoßen ist.«

Nathalie ließ sich gegen eine Werkbank sinken und überlegte: »Diese Website könnte der Grund dafür sein, dass Burlington ermordet worden ist. Wenn diese Miss Maypeny mitbekommen hat, dass er der Polizei den Fund der Vase melden wollte, musste sie das verhindern und hat …« Sie hielt inne und schüttelte den Kopf: »Nein, das passt nicht zusammen. Wenn die Frau so aussieht, wie der Paketbote sie beschrieben hat, dann ist sie zu klein und auch zu schwach, um mit einem Samurai-Schwert dem Mann auf der anderen Seite des Schreibtischs die Kehle zu durchtrennen. Sie müsste viel zu viel Schwung geholt und zu weit über den Tisch gereicht haben, um bis an Burlington heranzukommen. Und wenn sie dann ihr Ziel verfehlt hätte, wäre sie gegen Burlington wohl chancenlos gewesen.«

»Wir haben doch gar keine Gewissheit, dass die Frau

tatsächlich allein war«, hielt Louise dagegen. »Es kann sich eine zweite Person hier aufgehalten haben, die sich zurückgezogen hatte, um vom Paketboten nicht gesehen zu werden.«

»Was, wenn der Paketbote selbst diese Person war?«, warf der Constable ein. »Wenn er selbst über sein Smartphone als angeblicher Absender den Zustellungstermin so angegeben hat, dass er mit seiner Komplizin in der Gestalt von Miss Maypeny gemeinsam hier auftaucht, kann er Burlington ermordet haben und … ähm …« Strutner geriet ins Trudeln, als hätte er den Faden verloren.

Aber Louise schüttelte bereits den Kopf. »Warum sollte er sich so etwas ausdenken? Welchen Sinn hätte eine solche Aktion? Vor allem, wenn auch noch eine gestohlene Vase dabei eine Rolle spielt? Nein, den Paketboten halte ich nicht für verdächtig.«

»Vielleicht ist diese alte Frau in Wahrheit in Kunstdiebstähle verwickelt«, meinte Nathalie. »Angenommen, sie gehört zu einer Bande von Kunstdieben und geht zu den Händlern, um sich als arme alte Frau hinzustellen, die keine Ahnung von Kunstschätzen hat. Die Frau wirkt völlig harmlos und naiv, sie verwickelt den Händler mit ihrem angeblichen Dachbodenfund in eine ausschweifende Unterhaltung. Die lenkt sie dann geschickt in die Richtung, dass der Händler hingeht und den Tresor öffnet, um ihr zu zeigen, welche Schätze er in seinem Geschäft hat – und dann zeigt sie ihr wahres Gesicht, indem sie ihren Komplizen, oder auch mehrere, dazuholt, die dann den Tresor ausräumen.«

»Und dann muss der Händler sterben, weil er die Gesichter gesehen hat und die Täter beschreiben kann«, ergänzte Louise und nickte, stutzte aber gleich darauf. »Dann hätte er aber doch versucht, dem Schwert auszuweichen. Und damit gäbe es Abwehrverletzungen, die Burlington nicht aufweist.«

»Nicht unbedingt«, hielt Nathalie dagegen. »Burlington kann so auf die Recherche dieser Vase konzentriert gewesen sein, dass er um sich herum gar nichts mehr wahrgenommen hat. Als ihm auf einmal auffiel, dass die alte Frau mit irgendetwas herumfuchtelte, hat er den Kopf gehoben, und dann hat ihn auch schon die Klinge getroffen.« Sie zuckte mit den Schultern. »Das kann so schnell geschehen sein, dass er nicht mal mehr die Zeit hatte, um reflexartig die Hände hochzureißen.« Nathalie rieb sich übers Kinn. »Allerdings muss sie einen Komplizen gehabt haben, denn die Frau konnte nicht wissen, ob es ihr gelingen würde, Burlington zu töten. Hätte er früher reagiert, wäre es für ihn vermutlich ein Leichtes gewesen, die Frau zu überwältigen, wenn sie das allein hätte durchziehen wollen.«

»Da stellt sich die Frage, ob dieser Komplize zum Kreis unserer bereits verdächtigen Personen zählt oder ob wir den Kreis erweitern müssen«, sagte Louise.

»Apropos verdächtige Personen …« Peroux sah ein wenig ungehalten in die Runde, was womöglich daran lag, dass er sich übergangen fühlte. Immerhin war er beziehungsweise sein Vorbild Poirot derjenige, der sich mit dem Spekulieren und Kombinieren befasste, aber in den letzten Minuten hatte er nur zuhören können. »Wir sollten damit beginnen, uns mit den Verdächtigen zu befassen.«

»Außer den Cooks haben wir niemanden, den wir in Earlsraven befragen können«, sagte Louise. »Die Geschwister Waycroft leben in Cambridge. Jacoby hat seine Weinhandlung in Bluegate geschlossen und die eigentliche Filiale in Knightsbridge zum neuen Haupthaus gemacht.«

»Wir könnten aber mit Steph Brinkley reden«, überlegte Nathalie. »Vielleicht können wir sie ein wenig aus der Fassung bringen, wenn wir sie auf Burlington ansprechen.«

»Wenn isch einen Vorschlag machen dürfte«, warf Peroux ein. »Isch denke, wir sollten zuvor noch einmal in Ruhe mit Mademoiselle Ritchie reden. Sie 'at mir den Zwischenfall nur in aller Eile geschildert, und e'e isch wusste, wie mir geschah, war sie auch schon verschwunden. Isch konnte sie weiter nichts fragen, und isch würde gern noch mehr von ihr erfahren, was Mademoiselle Brinkley angeht. Isch gehe gern möglichst umfassend vorbereitet in eine solche *conversation,* ohne mein Gegenüber davon etwas merken zu lassen. Man erfährt oft mehr über den anderen Menschen, wenn man ihn über sich reden lässt, anstatt ihm gezielte Fragen zu stellen. Gezielte Fragen machen nichtsahnende Leute misstrauisch.«

Der Constable nickte zustimmend. »Ich bin ja noch eine Weile hier beschäftigt. Wenn Sie, Nathalie, mit Mister Peroux in meinem Auftrag mit den Cooks und Mrs. Ritchie und danach mit Miss Brinkley reden könnten, wäre ich Ihnen wirklich sehr dankbar. Wir haben zwar bislang Burlingtons Tod verschwiegen, aber Sie dürfen das jetzt erwähnen, natürlich ohne ins Detail zu gehen.«

»Constable, es wäre mir eine ... Eeehre«, erwiderte der Belgier und schüttelte Strutner die Hand. Dann sah er Nathalie an. »*C'est correct, n'est-ce pas?*«

»*Oui*«, antwortete sie und zwinkerte ihm zu.

»Gut, wenn wir uns dann auf den Weg machen könnten«, sagte Louise. »Das Kochen erledigt sich nicht von allein.«

»Sie haben doch einen guten Koch an Ihrer Seite, Louise«, entgegnete Nathalie und winkte ab. »Der hat die Küche im Griff, und ich wette, der Mann wird nicht nachlässig, nur weil Sie mal nicht da sind.«

»Das nicht, aber ich will ja auch noch unser Archiv konsultieren, um etwas mehr über die Howletts herauszubekommen.« An den Constable gewandt ergänzte sie: »Kommst du heute Abend zum Pub, damit wir bereden können, was wir bis dahin hoffentlich herausgefunden haben?«

Strutner nickte eifrig. »Auf jeden Fall. Es sei denn, wir finden hier noch mehr Leichen.«

»Wundern würde es mich nicht«, meinte Nathalie und gab Louise und Peroux ein Zeichen, damit sie ihr zum Wagen folgten.

»Ich kann nicht behaupten, dass es mir leidtut, von Burlingtons Tod zu hören«, sagte Philippa Cook. »Vielleicht halten Sie mich für einen schlechten Menschen, wenn ich das jetzt so sage, aber ich hoffe, dass sein Tod sich genauso in die Länge gezogen hat wie das, was meine Tochter durchmachen musste.«

»Mrs. Cook, auch wenn ich keine Kinder habe und nicht von mir behaupten möchte«, entgegnete Nathalie, »dass ich wirklich nachempfinden kann, was Sie durchmachen mussten und immer noch durchmachen, würde ich Sie wegen dieser Äußerung nicht für einen schlechten Menschen halten. Es ist nur eben so, dass niemand weiß, ob Burlington seinerzeit von dem Drama wirklich etwas mitbekommen hat.«

»Meine Tochter musste ausweichen, weil er mal wieder aus der Einfahrt gerast kam«, erklärte die Mittfünfzigerin, die durch die schulterlangen grauen Haare älter wirkte, als sie tatsächlich war. »Und dann ist sie gegen den Baum geschleudert worden, und dieses … dieses Scheusal hat sich schnell wieder auf seinem Grundstück verkrochen, um so zu tun, als hätte er mit dieser Tragödie gar nichts zu tun.« Sie schniefte einmal heftig. »Ich weiß, ich habe es nicht gesehen. Niemand hat es gesehen, nur meine Tochter und Burlington, und da meine

Tochter nicht mehr lebt, kann sie auch nicht mehr sagen, was passiert ist. Aber alles spricht dafür, dass es so passiert ist. Ich wäre selbst einmal fast in seinen Wagen gefahren, als er vom Grundstück geschossen kam, ohne nach links und rechts zu sehen.«

»Wir bedauern den Verlust Ihrer Tochter, Madame Cook«, sagte Peroux mit ernster Miene. »In solchen Augenblicken kann einen das Gefühl der Machtlosigkeit wütender machen als die Tatsache, dass ein Unglück gesche'en ist. Man möchte einfach dieser Wut freien Lauf lassen und etwas zerschlagen.«

Philippa Cook nickte. »Ich sehe, Sie können sich in meine Lage hineinversetzen, Mister Perron.«

»Peroux, 'ector Peroux«, korrigierte er sie pikiert. »*Oui*, das kann isch tatsächlich, weil isch in meiner *profession* allzu oft weiß, ich 'abe den Täter vor mir, aber mir fehlt der eine entscheidende Beweis, und das weiß der Täter auch. Das ist ein Moment, in dem man am liebsten selbst zum Mörder würde.«

»O ja, Sie könnten das gar nicht besser ausdrücken.«

»Dann 'aben Sie Monsieur Burlington umgebracht?«

»Ich … was?« Mrs. Cook stockte der Atem. »Wie kommen Sie darauf, mir so etwas zu unterstellen!«

Peroux hob beschwichtigend eine Hand. »*Excusez-moi, Madame.* Isch wollte Sie nicht verärgern, isch musste mich lediglich vergewissern, dass Sie die Wahr'eit sagen.«

»Indem Sie mir etwas unterstellen?«

»Nein, sondern indem isch Ihre Emotionen die Kontrolle übernehmen ließ«, erklärte er. »Diese Wut, die Sie für Burlington empfinden, 'atte Sie für einen Moment so im Griff, dass Sie unweigerlich die Tat gestanden 'ätten. Sie 'ätten wutentbrannt erklärt: ›Natürlich 'abe ich den Schweine'und umgebracht, weil er gar nichts anderes verdient 'at.‹«

Sie kniff die Augen leicht zusammen. »Das ist aber ein ganz mieser Trick, Mr. Perlot.«

»Peroux«, berichtigte er sie reflexartig. »Es ist ein völlig legitimer Trick.«

Philippa Cook strich die graue Bluse glatt, die farblich auf die dünne Sommerhose abgestimmt war. Überhaupt schien die Welt, in der sie mit ihrem Mann lebte, nur noch in Grautöne getaucht zu sein. Die Polstergarnitur war grau, der Teppich präsentierte sich als wilde Mischung aus allen möglichen Grau-Schattierungen, die Vorhänge passten zur Polstergarnitur, die Tischdecke zu den Vorhängen. Es war so, als wäre sämtliche fröhliche Farbe aus dem Leben dieser kleinen Familie gewichen. Dabei schien es so, als hätten sie das ganze Wohnzimmer erst vor Kurzem neu eingerichtet. Vermutlich hatten sie nach dem Tod der Tochter nichts Farbenfrohes mehr sehen wollen. Das erklärte wohl auch den Zustand des Gartens rund um ihr Cottage, der praktisch nur grün war und in dem nichts blühte, wenn man von ein paar Gänseblümchen auf dem Rasen absah, deren Saat der Wind herübergetragen hatte.

»Wissen Sie, wie oft ich mir ausgemalt habe, dass ich diesen Burlington in seinem verdammten Laden aufsuche und ihn unter einem seiner zentnerschweren Schränke begrabe, natürlich lebend?«, flüsterte die Frau, während in ihren Augen ein bedrohliches Feuer loderte. »Als man meine tote Tochter fand, da waren ihre Finger drei Zentimeter von ihrem Handy entfernt. Drei Zentimeter, und sie hätte noch selbst Hilfe holen können. So hätte ich ihn gern unter seinen verdammten Möbeln begraben, dazu verdammt, das Telefon sehen zu können, das ihm das Leben retten könnte, aber unfähig, sich von der Stelle zu rühren.« Sie sah Nathalie an. »Können Sie mir sagen, ob er wenigstens ein bisschen gelitten hat?«

»Ja, das 'at er. Nicht lange, aber er 'at«, antwortete Peroux und schaute so ernst drein, als wäre er Augenzeuge des Geschehens gewesen.

Philippa Cook lächelte schwach. »Danke, das ist immerhin ein kleiner Trost«, hauchte sie, während ihr Tränen über die Wangen liefen.

»Glauben Sie wirklich, dass Burlington gelitten hat?«, fragte Nathalie, nachdem sie das Haus der Cooks verlassen hatten und zu ihrem Wagen zurückkehrten. Die Cooks wohnten am äußersten Rand von Earlsraven, ihr Grundstück reichte bis an einen kleinen Bach heran, dessen Namen sie sich nach all den Monaten noch immer nicht merken konnte. Aus einem unerfindlichen Grund hatte der Name sie schon beim ersten Hören an den Namen Holly Golightly aus *Frühstück bei Tiffany* erinnert, dabei war er grundlegend anders.

»*Non*, jedenfalls nicht lange genug, um zu begreifen, was mit ihm geschah. Als die Klinge ihn traf, wird das einen so 'eftigen Schmerz ausgelöst 'aben, dass er dadurch ohnmächtig geworden sein dürfte. So reagiert das menschliche Ge'irn nun mal, es schützt sich davor, vor Schmerz wahnsinnig zu werden, indem es den Körper in ein künstliches Koma versetzt, eine sogenannte Ohnmacht. Burlington ist während dieser Ohnmacht verblutet und nicht wieder zu Bewusstsein gekommen. Der Mörder 'at es mit ihm offenbar gut gemeint.«

»Dann kann Mrs. Cook nicht die Mörderin sein, und ihr Mann wohl auch nicht«, sagte sie. »Ich kann mir nicht vorstellen, dass sie Burlington so gnädig hätte davonkommen lassen.«

»Das se'e isch ganz genauso, Mademoiselle Ames«, stimmte Peroux ihr zu. »Beide 'ätten zweifellos das gemacht, was sie gesagt 'at: ihn unter einem der unmenschlich schweren Schränke begraben, das Telefon außer'alb seiner Reichweite platziert und ihn dann ohne Aussicht auf 'ilfe sich selbst überlassen.«

»Zwar grausam, aber irgendwie auch nachvollziehbar«, meinte Nathalie. »Tja, dann wollen wir doch mal sehen, ob wir Mrs. Ritchie noch etwas mehr über diese Steph Brinkley entlocken können.«

»Wie weit ist es von 'ier bis zu Mrs. Ritchie?«, fragte der Detektiv.

»Das ist das gleiche Problem wie mit der Entfernung zwischen dem Black Feather und Burlingtons Geschäft«, antwortete sie. »Luftlinie sind es nur ein paar hundert Yards, die man bequem zu Fuß zurücklegen könnte, sofern man in der Lage wäre, meterhohe Mauern und Stacheldrahtzäune mühelos zu überwinden. Also bleibt einem nur wieder die Straße, und da sind es dann gleich stolze vier Meilen.«

»Warum ist das so? Warum muss man sich durch die Landschaft schlängeln, obwohl 'ier alles fast eben ist? In den Alpen kann isch ja noch verstehen, dass durch die Serpentinen jede Strecke schnell fünfmal so lang ist. Aber 'ier?«

Mit der Fernbedienung entriegelte sie den Wagen, dann stiegen sie ein. »Das dürfen Sie mich nicht fragen, Mister Peroux. Ich bin in der Stadt aufgewachsen, wo die meisten Straßen halbwegs gerade angelegt sind. Ich vermute, dass die Bauern hier in der Gegend sich nie auf eine Umverteilung ihrer Grundstücke einigen konnten und die Trampelpfade an den Ackerrändern einfach zu Straßen ausgebaut wurden – mit jeder Kurve und jedem Knick. Es macht an vielen Stellen keinen Spaß, mit dem Auto zu fahren, weil man nicht weiß, ob einem irgendein Verrückter entgegenkommt, der die Kurve schneidet. Mit dem Motorrad oder Fahrrad möchte ich hier schon gar nicht unterwegs sein.«

»Dann werden Sie verste'en, warum mein Spaziergang länger ausgefallen ist«, erwiderte Peroux. »Isch bin kein ängstlicher Mensch, müssen Sie wissen, aber isch ge'e auch keine unnötigen Risiken ein, und auf solchen Straßen zu spazieren fällt für mich eindeutig in die Kategorie der unnötigen Risiken.«

»Ja, das kann ich sehr gut verstehen«, bestätigte Nathalie. »Ich habe das einmal gewagt, und das hat mir gereicht, als mir in einer sehr engen Rechtskurve der Linienbus entgegenkam und der Platz zwischen dem Bus und der Mauer am Straßenrand bedenklich schmal wurde.«

Nach gut zehn Minuten hatten sie das kleine Cottage von Elinor Ritchie erreicht, das zusammen mit vier fast gleichartigen Häusern so etwas wie ein Dorf im Dorf mit einem winzigen Marktplatz in der Dorfmitte bildete.

»Sehr *romantique*«, befand der Belgier, als sie angehalten hatten. »Fast könnte ich neidisch werden.«

»Wieso nur fast?«, fragte Nathalie, nachdem sie ausgestiegen waren. »Was fehlt denn noch, um wirklich neidisch zu werden?« Sie sah sich die Türschilder an und winkte den Detektiv zu sich. »Hier ist es.«

Er kam zu ihr. »Was 'ier fehlt, ist *la Belgique*, Mademoiselle Ames. Meine 'eimat. Wäre das 'ier irgendwo in meiner 'eimat, würde ich sofort versuchen, eines dieser köstlichen 'äuser zu erwerben. Aber hier …«

»Ist Belgien wirklich so schön?«, wollte sie wissen, während sie die Türglocke betätigte.

»Das ist wie überall auf der Welt«, antwortete er und seufzte. »Es 'ängt immer davon ab, wo genau man sich befindet. Praktisch jede Stadt, jede Kleinstadt, jedes Dorf ist das schönste und das 'ässlichste zugleich. Es ist alles eine Frage der Perspektive. Nehmen Sie Bruxelles. Ein Moloch. Umgeben von einem Autobahnring, der die

Fahrt in die 'ölle wie einen Sonntagsausflug erscheinen lässt. Autos ohne Ende, Fußgängerströme, die sich morgens von den Bahn'öfen und U-Bahn-Stationen zu den Büro- und Regierungsgebäuden wälzen und sich abends in die entgegengesetzte Richtung bewegen. Und trotzdem können Sie sich irgendwo in der Stadt in einem Park auf eine Bank setzen und das Gefühl 'aben, am schönsten Ort der Welt zu sein.« Er machte eine ausholende Geste. »Auf der anderen Seite 'aben Sie einen Ort wie Earlsraven, der so idyllisch erscheint wie kein zweiter auf der Erde. Aber was haben Sie 'ier auch noch? Menschen, die anderen brutal die Kehle aufschlitzen. Menschen, die Unfallopfer am Straßenrand ihrem Schicksal überlassen. Und das sind nur die Dinge, von denen isch inner'alb von ein paar Stunden erfahren 'abe. Isch will das gar nicht 'ochrechnen, aber isch liege doch sicher richtig, wenn ich davon ausge'e, dass das nicht die beiden einzigen Verbrechen waren, die sich in diesem Jahr ereignet 'aben. Vielleicht die beiden einzigen, die als Verbrechen offensichtlich sind, aber ganz bestimmt nicht auch die einzigen begangenen Straftaten.« Er zog betont die Schultern hoch. »Bruxelles mag ein Sündenpfuhl sein, 'inter dem sich ein Paradies verborgen 'ält. Earlsraven erscheint wie das Paradies, aber 'inter dieser Kulisse lauert ein Sündenpfuhl.«

»Sie ist nicht zu Hause«, sagte Nathalie, nachdem sie nur kurz bestätigend genickt hatte. Sie wollte lieber nicht eingehender darüber nachdenken, was Peroux soeben gesagt hatte, weil sie dadurch auf eine erschreckende Tatsache gestoßen worden war: Daheim im Liverpool war sie außer beim Falschparken nie mit der Polizei in Berührung gekommen. Sie war nie Zeugin einer wie auch immer gearteten Straftat gewesen, zum Glück auch niemals das Opfer einer solchen. Hier dagegen … es war wirklich beängstigend, aber innerhalb kürzester Zeit war das nun schon das vierte Mal, dass sich in ihrer unmittelbaren Umgebung ein Verbrechen ereignet hatte.

»Eigentlich«, redete der Belgier weiter, »könnten Sie Ihren Kellnerinnen im Café sagen, dass sie ihre Gäste bei der Bestellung nicht ›Tee? Kaffee? Heiße Schokolade?‹, sondern ›Tee? Kaffee? Mord?‹ fragen. Die Wahrscheinlichkeit, dass Sie Ihren Gästen einen Mord oder ein Mordopfer servieren können, ist doch recht 'och.«

»Haben Sie gehört? Mrs. Ritchie ist nicht da«, sagte sie etwas nachdrücklicher, um Peroux endlich auf ein anderes Thema zu bringen.

»Das ist bedauerlich.« Er deutete nach unten. »Die Milch, die wohl heute früh gebracht worden ist, steht noch da. Der Briefkasten ist heute noch nicht geleert worden. Entweder hat sie das Haus noch nicht verlassen, oder aber sie ist so früh am Morgen aufgebrochen, dass sie noch vor dem Milchmann unterwegs gewesen ist.« Er seufzte leise. »Das ist wirklich bedauerlich. Umso länger müssen wir warten, bevor wir uns an Mademoiselle Brinkley wenden können.«

»Notfalls fahren wir direkt zu ihr und reden mit ihr«, schlug Nathalie vor, klingelte noch einmal und klopfte, aber wieder rührte sich nichts.

Sie gingen zum Wagen zurück, da wurde zwei Häuser weiter die Tür geöffnet, ein älterer Mann mit Halbglatze kam nach draußen und ging nach zwei recht zügigen Schritten deutlich langsamer weiter, ganz offenbar, um nicht zu früh an der Mülltonne vor dem Haus anzukommen, für die der prallvolle Plastikbeutel gedacht sein musste, den er in einer Hand hielt. Die Kombination aus weißem Unterhemd, Anzughose und Pantoffeln deutete darauf hin, dass er sich hastig die Hose übergestreift hatte, um noch rechtzeitig aus dem Haus zu kommen und sie auf dem Rückweg zum Wagen abzupassen.

»Guten Tag«, sagte der Mann, der zumindest so tat, als wollte er schon wieder ins Haus zurückkehren. »Sie sind doch Miss Ames, richtig?«

Nathalie nickte. »Ja, die bin ich, Mister …«

»Brascombe«, antwortete er. »Jamie Brascombe. Ich bin ein guter Bekannter von Miss Beresford.«

»Ah, freut mich, Sie kennenzulernen, Mr. Brascombe. Das ist übrigens Hector Peroux.«

»Angenehm«, sagte der Mann im Unterhemd und hielt Peroux die Hand hin, mit der er eben noch die Mülltonne angefasst hatte. Peroux zog nur bedeutungsvoll eine Augenbraue hoch und bedachte die Hand mit einem vernichtenden Blick.

Der Belgier beließ es bei einem Nicken, woraufhin der andere Mann sich wieder Nathalie zuwandte. »Ich wollte Ihnen schon seit Langem dafür danken, dass Sie die Sache mit den Bildern aufklären konnten. Miss Beresford hat mir immer so leidgetan, weil niemand ihr glauben wollte, und ich konnte auch nichts tun, weil ich mir keinen Reim darauf machen konnte. Ich hatte wirklich schon befürchtet, dass mit ihr irgendetwas nicht stimmt.« Er nickte zufrieden und fand wohl, dass er genug Smalltalk betrieben hatte. »Und was führt Sie zu Mrs. Ritchie?«

»Nichts allzu Wichtiges«, antwortete Nathalie ausweichend. »Wir hatten uns neulich über Rezepte unterhalten, aber dann waren wir leider durch einen Lieferanten gestört worden, und dann hatte ich keine Zeit mehr für sie … na ja, das wollte ich jetzt nachholen.« Mit dem Daumen zeigte sie über die Schulter hinter sich. »Aber offenbar ist sie nicht zu Hause. Wissen Sie zufällig, wann ich sie am besten erreichen kann?«

»Warten Sie … heute ist Mittwoch, da geht sie spätestens um halb zwölf aus dem Haus, um zeitig im Gemeindesaal zu sein und mit dem Chor zu proben. Freitags ebenso, samstags ab drei Uhr nachmittags, sonntags ist sie dann ganz früh in der Kirche und kommt am frühen Nachmittag nach Hause. Normalerweise geht sie montags und donnerstags einkaufen. Samstags kommt nachmittags ihre Tochter zu Besuch.« Mr. Brascombe stutzte, da ihm wohl erst jetzt auffiel, dass er sich wie ein Spitzel anhören musste, der seine Opfer genauestens im Blick hatte. »Zumindest … erzählt sie mir das immer, wenn wir uns sehen. Ich habe das schon so oft zu hören bekommen, dass ich es inzwischen wohl tatsächlich auswendig kann.« Er lachte, als fände er das amüsant, klang dabei aber so nervös, dass man ihm seine Belustigung einfach nicht abnehmen konnte.

»Danke, das hilft uns schon weiter«, antwortete Nathalie freundlich, während sie sich wünschte, niemals einen solchen Mann zum Nachbarn zu haben. »Aber heute ist sie nicht zufällig früher weggegangen? Ich meine, da steht ja schließlich noch die Milch vor der Tür. Das würde ja bedeuten, dass sie schon vor sechs Uhr das Haus verlassen haben müsste.«

»Nein, sie ist seit … ähm, nicht dass ich wüsste, aber ich müsste ja auch den ganzen Tag hinter der Gardine stehen und aufpassen, was sich hier bei uns abspielt. Die Milch hat nichts zu besagen, die vergisst sie regelmäßig, wenn sie nicht aus dem Haus geht, und wenn sie die Hintertür in der Küche nimmt, dann fällt ihr die Milch nicht mal beim Weggehen auf. Heute Morgen habe ich allerdings einen Jogger gesehen, der sie besucht hat.«

»Ein Jogger? Jemand, den Sie kannten?«

»Noch nie gesehen«, kam die prompte Antwort, die einen abweisenden Unterton hatte. Brascombe schien betonen zu wollen, dass er seine Nachbarschaft nicht unentwegt im Auge behielt, auch wenn genau das vermutlich der Fall war.

»Können Sie den Jogger beschreiben?«, hakte Peroux nach. »Seine Größe? Seine Statur? Die 'aarfarbe? Irgendein Detail?«

Brascombe schüttelte flüchtig den Kopf. »Schwer zu sagen. Der hatte einen Trainingsanzug aus so einem dünnen Flatterstoff an, die nur so an einem rumschlabbern. Da sieht man nicht viel von der Statur, muss ich sagen.« Er verzog den Mund. »Die Kapuze hatte er hochgeschlagen, das Gesicht konnte ich nicht sehen. Ich kann Ihnen nicht mal sagen, ob das ein Mann oder eine Frau war.«

»Und dieser Trainingsanzug?«, fragte Nathalie. »Welche Farbe hatte der?«

»Bunt. Der hatte alle möglichen Farben. Kann ich gar nicht beschreiben. Einfach nur bunt eben.«

»Bekommt sie sonst auch noch von anderen Joggern Besuch?«, wollte Peroux wissen.

»Nicht dass ich wüsste.« Brascombe zuckte beiläufig mit den Schultern, als wäre es das uninteressanteste Thema, das er sich vorstellen konnte.

»Mr. Brascombe, Sie könnten mir einen Gefallen tun«, sagte Nathalie. »Wenn Sie Mrs. Ritchie sehen, richten Sie ihr doch bitte aus, dass sie mich anrufen soll. Und wenn Sie mir dann vielleicht auch noch direkt Bescheid geben könnten, sobald sie zurück ist? So wie ich Mrs. Ritchie einschätze, geht das zum einen Ohr rein und zum anderen wieder raus.«

Der Mann begann zu lachen. »Oh, da sagen Sie was Wahres. Sie glauben nicht, wie oft ich ihre Mülltonne am Abfuhrtag nach vorn zur Straße rolle, damit sie auch ganz sicher geleert wird. Ich kann sie abends noch daran erinnern, sie soll an die Tonne denken, und trotzdem steht sie am Morgen immer noch vor dem Haus.«

Während der Mann redete und redete und gar kein

Ende mehr finden wollte, notierte Nathalie zusätzlich auch noch ihre private Handynummer auf der Visitenkarte. »Hier, sehen Sie, unter irgendeiner von den Nummern erreichen Sie mich immer.«

»Die Karte werde ich gut verwahren«, versprach Brascombe ihr. »Und grüßen Sie im Gegenzug Miss Beresford von mir.«

»Das werde ich machen«, erwiderte Nathalie, dirigierte Peroux in Richtung ihres Wagens und sagte zu ihm: »Kommen Sie, wir fahren zurück zum Pub. Es wird Zeit, dass wir zu Mittag essen.«

»Eine 'ervorragende Idee«, sagte der Belgier und stieg in Nathalies Wagen ein.

Sechstes Kapitel, in dem Louise gegen ihren Willen einen alten Kontakt bemühen muss

»Und, Mister Peroux, wie hat Ihnen mein Stargazy Pie geschmeckt?«, fragte Louise, als sie nach dem Essen auf die Terrasse vor dem Pub kam. Anders als die Caféterrasse war diese Seite zum Parkplatz und damit zur Schnellstraße hin ausgerichtet, die unmittelbar am Black Feather vorbeiführte. Das Lokal wurde vor allem von Fernfahrern angesteuert, die auf dem Weg zum südlichsten Zipfel des Landes waren oder von dort kamen. An den Wochenenden kehrten viele Familien ein, die einen Ausflug aufs Land unternahmen.

»Sehr interessant«, lautete Peroux' knappe Antwort. »Die englische Küche ist zweifellos besser als ihr Ruf.«

Nathalie sah, dass Louise zufrieden nickte, und

musste unwillkürlich lachen. »Louise, Ihnen ist doch hoffentlich klar, dass unser lieber Meisterdetektiv Ihre Frage eigentlich gar nicht beantwortet hat, oder?«

Louise sah sie verdutzt an. »Wieso? Er hat doch gesagt, dass die englische Küche besser ist als ihr Ruf.« Ihr Blick wanderte zu Peroux. »Das haben Sie doch so gesagt, nicht wahr?«

»*Oui.* Meine genaue Wortwahl war ›zweifellos besser‹.«

»Okay, dann also zweifellos besser. War das irgendwie ironisch gemeint?«

»*Non.*«

»Na bitte«, sagte sie zu Nathalie. »Das war doch positiv gemeint.«

Nathalie warf Peroux einen fragenden Blick zu. »Darf ich … oder wollen Sie …?«

»Nach Ihnen, Mademoiselle«, forderte er sie lächelnd auf und trank einen Schluck Wasser.

»Also, Louise«, begann sie. »Zunächst einmal hat er Ihre Frage, wie es ihm geschmeckt hat, mit einem ›interessant‹ beantwortet. Das sagt absolut nichts aus. Es kann interessant sein, dass ein Curryhuhn nach eingeschlafenen Füßen schmeckt oder ein Pfeffersteak wie ein Stück Holz. Es kann auch interessant sein, dass ein Koch in der Lage ist, aus den simpelsten Zutaten ein völlig ungenießbares Gericht zu zaubern.«

»Oh«, machte Louise und verzog ein wenig missmutig die Mundwinkel. »Ich dachte, das sei nett gemeint. Und was genau war ›interessant‹?«

»Moment, Louise«, ging Nathalie dazwischen. »Da war ja auch noch der Satz über die englische Küche.«

»Was stimmt damit nicht?«, knurrte die Köchin.

»Ach, der Satz war schon in Ordnung, aber Mister Peroux hat nichts darüber gesagt, was *er* von *Ihrer* englischen Küche hält. Der Ruf der englischen Küche kann so verheerend sein, dass selbst ein Schinkenbrot schon besser als dieser Ruf ist. Das war eine Floskel, die alles und nichts bedeuten kann.«

»Hm.« Louise sah mit finsterer Miene zwischen den beiden hin und her. »Ihr zwei habt das vorher abgesprochen, wie?«

»Nicht im Detail«, betonte Peroux. »Ich wollte Mademoiselle Ames lediglich vorführen, wie leicht man der Versuchung erliegen kann, das zu 'ören, was man 'ören möchte. Es ist wichtig, sich das immer vor Augen zu 'alten, wenn man Zeugen oder Verdächtige befragt.« Er deutete auf den Teller. »Aber lassen Sie mich Ihnen sagen, dass dieser Stargazy Pie 'ervorragend geschmeckt 'at. Sie 'aben sich selbst übertroffen. Isch gebe zu, dass isch zunächst gewisse … nun, eigentlich sehr große Vorbe'alte 'atte, als mir die junge Mademoiselle die Schüssel hinstellte, aus der mir vier Fischköpfe entgegenblickten. Da isch aber davon ausge'en konnte, dass man mir weder verse'entlich noch vorsätzlich eine Portion Fischabfälle vorsetzen würde, 'abe ich meinen Widerwillen … isch möchte nicht Ekel sagen, weil das eine starke Übertreibung wäre, aber isch musste schon die Fischköpfe aus der Schüssel zie'en und mit meiner Serviette bedecken, um weiteressen zu können … nun, auf jeden Fall 'at es gut geschmeckt. Ist das Ihre Kreation?«

Louise musste nun doch lachen. »Nein, ich käme beim besten Willen nicht auf die Idee, Fischköpfe in eine Pastete zu stecken und das Ganze zu backen. Das Gericht geht zurück auf eine Legende aus Cornwall, wo ein mutiger Fischer sich einem verheerenden Sturm stellte und zum Fischen auf See hinausfuhr, weil es im Dorf sonst eine Hungersnot gegeben hätte. Es heißt, dass er genug Fisch für alle Bewohner mitbrachte, und als der zu Pastete verarbeitet wurde, ließ man die Köpfe aus dem Teig ragen, um zu beweisen, dass tatsächlich Fisch in der Pastete war, und nichts anderes.«

Peroux zog eine Augenbraue hoch und ließ sich ihre Erklärung durch den Kopf gehen, schließlich sagte er in einem Tonfall, der feine Ironie mitschwingen ließ: »Ich denke, wir können diesem Mann dankbar sein, dass er für seine Leute Fische gefangen hat, aber keine Rinder erlegen musste. Dann wäre es in der Schüssel eng geworden.« Er sah, wie beide Frauen mit einem amüsierten Lächeln reagierten, und fügte an: »Es war köstlich. *Seulement superb.*«

Louise sah zu Nathalie. »Das war jetzt aber ein Lob«, sagte sie und grinste ihre Chefin an.

»Würde ich auch so sehen«, meinte Nathalie, trank einen Schluck von ihrem Weißwein und richtete den Zeigefinger auf Peroux: »Da fällt mir ein … Sie wollten sich doch eigentlich Hercule Poirot nennen, aber die Christie-Erben hatten etwas dagegen einzuwenden.«

»Richtig.«

»Und dann hat man Ihnen den Hector Peroux erlauben müssen, weil der Richter keine Verwechslungsgefahr mehr gesehen hat.«

»Richtig.«

Nathalie sah ihn abwartend an. »Wenn Sie ein so großer Fan von Poirot sind, dass Sie selbst als Detektiv Fälle lösen, sollten Sie eigentlich wissen, welche Frage als Nächstes kommen wird.«

»Auch richtig.«

»Also?«

Peroux schüttelte den Kopf. »Man sollte nie auf die Frage antworten, von der man annimmt, dass sie einem gestellt wird, sondern immer erst die konkrete Frage abwarten. Alles andere kann fatale Folgen 'aben.«

»Wieder was gelernt«, seufzte Nathalie. »Wie heißen Sie wirklich?«

»'ector Peroux.«

»Den Namen meine ich nicht, Mister Peroux.«

»Der Name steht aber in meinem Pass«, beharrte er.

»Als Künstlername«, konterte sie. »Sonst hätten Sie sich ja umtaufen lassen müssen. Und weil es ein Künstlername ist, haben Sie Ärger mit den Erben bekommen. Ich will aber den Namen wissen, den Sie davor getragen haben.«

»Antoine Jean-Claude Fabrice de Sainte Emette-Débarrieux.«

Nathalie saß da und sah zu Louise. »Haben Sie sich merken können, was nach dem Antoine kam?«

»Ich bin mir nicht mal sicher, ob ich überhaupt einen Antoine herausgehört habe«, murmelte Louise. »Können wir das noch einmal hören? Vielleicht etwas langsamer?«

»*Bien sur.* Antoine ... Jean-Claude ... Fabrice ... de Sainte Emette ... Débarrieux.«

»Dürfen wir Sie weiter Mister Peroux nennen?«, fragte Nathalie, nachdem sie sich das Wortungetüm einen Moment lang durch den Kopf hatte gehen lassen ... oder es zumindest versucht hatte, denn jeder Versuch, sich außer dem Antoine noch wenigstens einen weiteren Namen zu merken, führte nur dazu, dass ihr die Namen immer weiter entglitten.

»Gern«, bestätigte er, dann trank er noch einen Schluck Wasser. »'atten Sie Gelegenheit, noch ein wenig zu recherchieren?«, fragte er und war mit einem Mal völlig ernst, so als wäre der kurze Spaß schon eine Ewigkeit her.

»Ja, leider nicht so viel, wie ich gern gewollt hätte«, antwortete Louise. »Hier war ja zeitweise der Teufel los, da bin ich nicht zu allem gekommen, was ich mir vorgenommen hatte. Den Damen Ritchie und Brinkley ist das große Durchleuchten damit erst einmal erspart geblieben«, fügte sie grinsend hinzu. »Aber das hole ich natürlich noch alles nach. Fangen wir mit dem Opfer an. Die Howletts haben damals verlauten lassen, Burlington habe zwei Millionen Pfund für den Hof bezahlt, was mehr als ein Drittel über dem Preis lag, den sie sich vorgestellt hatten …«

»*Un moment, Mademoiselle Cartham*«, unterbrach Peroux sie. »Sagten Sie ›ein Drittel *über* dem Preis‹? Oder 'abe isch mich ver'ört?«

»Sie haben sich nicht verhört, Mister Peroux. Die Howletts konnten es selbst nicht fassen und haben sofort zugesagt, weil sie so ein Angebot ganz sicher nicht noch einmal bekommen hätten.«

»Nachvollziehbar«, fand Nathalie. »Aber auch seltsam.«

»Wenn Monsieur Burlington so sehr an dem Grundstück interessiert war, muss es für ihn eine besondere Bedeutung gehabt 'aben«, überlegte der Belgier.

»Den Bauernhof wollte er jedenfalls nicht fortführen«, sagte Louise und sah auf ihre Notizen. Sämtliches Vieh hat er noch von den Howletts verkaufen lassen, um sich damit gar nicht zu belasten, und es war von Anfang an die Rede davon, dass er eine Antiquitätenhandlung eröffnen wollte.«

»Eine Antiquitäten'andlung ist ein guter Ort, um Schmuggelware aller Art umzuschlagen«, überlegte Peroux. »Ihm werden alte Möbel gebracht, andere kaufen seine alten Möbel. Es herrscht ein Kommen und Ge'en, und niemand kann sagen, ob in einer alten Engelsfigur womöglich ein Kilo 'eroin versteckt worden ist.«

»Na ja, wenn Burlington gut mit Zahlen umgehen

konnte, wäre auch so etwas denkbar«, warf Nathalie ein. »Wenn er von Anfang an vorhatte, die Howletts umzubringen, dann lässt er sich von ihnen die zwei Millionen Pfund quittieren, die seine Investitionen darstellen. Anschließend tötet er sie, nimmt sein Geld wieder an sich und versteckt die vakuumverpackten Leichen unter dem Fußboden. Alle gehen davon aus, dass die Howletts sich auf den Weg nach Australien gemacht haben und ihr Geld natürlich mitgenommen haben. In der Zwischenzeit zahlt Burlington mit den Einnahmen aus dem Antiquitätenverkauf das Darlehen zurück, das er aufgenommen hat, um den Howletts das Land abzukaufen. Bei seiner Steuererklärung macht er diese Rückzahlungen und die Zinsen geltend. Dagegen setzt er Einnahmen, die er ganz nach Belieben steuern kann, um immer einen kleinen Gewinn zu erzielen, der sich beim Finanzamt gut macht, der sich aber immer nur in einer Größenordnung bewegt, in der noch keine Steuern anfallen. Alles, was er darüber hinaus verkauft, kann er schwarz kassieren. Wenn er behauptet, dass sich ein gekaufter Schrank als von Holzwürmern befallen erwiesen hat und nicht mehr gerettet werden kann, dann kann ihm keiner das Gegenteil beweisen, weil er längst Brennholz aus dem Schrank gemacht hat.«

»Damit hätte er schon mal doppelt kassiert«, überlegte Louise. »Und sogar dreifach, wenn er zwischendurch auch mal Drogen oder Diebesgut durchschleust.«

Peroux nickte. »Und er könnte auch noch ein viertes Mal kassiert haben.«

»Womit?«

»Natürlich mit den Papieren der 'owletts. Er wird wohl kaum dem Nächstbesten diese Einwanderungsunterlagen gegeben haben, damit der sich mit seiner Freundin als E'epaar 'owlett in Australien umsieht.« Peroux tippte mit den Fingerspitzen auf den Tisch. »Mit den richtigen Kontakten können ihm diese Papiere sehr viel Geld eingebracht 'aben. Wenn jemand aus dem organisierten Verbrechen sieht, dass sich die Schlinge um seinen Hals zuzieht, weil die Ermittlungen der Polizei gute Fortschritte machen, dann wird er versuchen, das Land zu verlassen. Für jemanden von diesem Schlag ist die Möglichkeit, mit echten Papieren unter falschem Namen das Land zu verlassen und anschließend am anderen Ende der Welt untertauchen zu können, mit Gold kaum aufzuwiegen.«

»Wenn Burlington tatsächlich Kontakte zum organisierten Verbrechen hatte, könnte sein Mörder dort zu suchen sein«, fügte Louise an. »Vielleicht konnte er den Hals nicht vollkriegen und wollte noch ein bisschen Nachschlag kassieren, immerhin hätte er den Behörden anonym ja sehr genau sagen können, wer sich wohin abgesetzt hatte.«

»Und da sich das organisierte Verbrechen nicht erpressen lässt«, folgerte Peroux und nickte zustimmend, »'at es den Erpresser mundtot gemacht, bevor er seine Dro'ung wahrmachen konnte. *Oui*, das wäre durchaus denkbar.«

Louise legte das oberste Blatt zur Seite. »Mehr gibt es zu Burlington nicht zu berichten, was seine Verbindung zu den Howletts angeht. Das andere hatten wir ja bereits zusammengetragen.«

»Die Cooks können wir auf jeden Fall von der Liste dieser anderen streichen«, sagte Nathalie.

»Haben die ein Alibi?«, wollte Louise wissen.

»Ja, in Gestalt des alles be'errschenden Verlangens, Burlington unter Qualen und sehr, sehr langsam sterben zu sehen.«

»Das soll ein Alibi sein, Monsieur Peroux?« Louise sah ihn verwundert an. »Das klingt eher nach einem klassischen Mordmotiv.«

Nathalie musste unwillkürlich grinsen. »Grundsätzlich hast du recht. Jemanden sterben sehen zu wollen, klingt sogar sehr nach einem Mordmotiv. Aber Burlington ist dafür zu schnell tot gewesen. Er war tot, bevor er begreifen konnte, was eigentlich passierte. Die Cooks hätten ihn mindestens die zwei Stunden leiden lassen, die ihre Tochter hatte ertragen müssen. Sie hätten dafür gesorgt, dass er wusste, sein Ende war gekommen, und zwar zwei Stunden lang. Oder länger.«

Louise schaute einen Moment nachdenklich drein, dann sagte sie: »Ja, das passt alles zusammen. Okay. Um mit den Waycrofts zu reden, muss erst mal jemand nach Cambridge fahren, und ob Harold Jacoby überhaupt noch ein Geschäft in London hat, muss erst noch recherchiert werden. Die müssen noch warten.« Sie sah wieder auf ihre Liste. »Elinor Ritchie ist ein komplett unbeschriebenes Blatt, sie hat sich offenbar nie etwas zuschulden kommen lassen.«

»Was ihre Äußerungen über Mademoiselle Brinkley umso glaub'after macht«, fand Peroux. »Sie wären sicher ganz und gar aus der Luft gegriffen, wenn Sie 'erausgefunden 'ätten, dass Madame Ritchie eine notorische Lügnerin wäre.«

»Und was wissen wir über Miss Brinkley?«, erkundigte sich Nathalie.

»Nicht viel. Sie ist vor sechs Jahren von Canterbury nach Earlsraven gezogen«, berichtete Louise. »Auffällig ist aber, dass vor rund zehn Jahren gegen sie ermittelt wurde. Es ging um einen Kunstraub, bei dem mehrere Zeichnungen von da Vinci aus einem Museum entwendet wurde. Miss Brinkley war von der Polizei vernommen worden, weil sie die Freundin eines Wachmanns war und mit ihrem Alibi etwas nicht zu stimmen schien. Aber schließlich stellte man die Ermittlungen gegen sie ein, weil sich keinerlei Beweise finden ließen.«

»Was nicht 'eißen muss, dass sie unschuldig ist«, überlegte Peroux. »Alte Kunstwerke passen gut zu dem, was ein Antiquitäten'ändler in seinem Angebot 'at. Und wenn man bedenkt, dass Monsieur Burlington mindestens zwei Menschen auf dem Gewissen 'at, wäre der 'andel mit gestohlenen Kunstwerken fast schon so etwas wie ein Kavaliersdelikt. Außerdem wäre es sicher nicht das erste Mal, dass man in solchen Kreisen 'andgreiflich wird, weil der eine sich vom anderen um sein Geld gebracht fühlt.«

»Also sollten wir Miss Brinkley einen Besuch abstatten und ...«, sagte Louise.

»Aber erst, wenn ich eine riesige Portion Hot Pot gegessen habe«, fiel ihr eine Männerstimme ins Wort.

»Ronald, jetzt sag bloß, deine eifrigen Anwärter haben schon alles auf den Kopf gestellt«, wandte sie sich an den Constable, der sich zu ihnen an den Tisch setzte.

Er winkte die Kellnerin zu sich, gab seine Bestellung auf, dann nahm er die Mütze ab und sah in die Runde. »Meine Anwärter«, begann er, »haben bislang nur an der Spitze des Eisbergs gekratzt ... Eis ... o ja, ich könnte ein Eis gebrauchen. Jackie«, rief er der Kellnerin hinterher, »bringst du mir bitte auch noch ein großes Schokoladeneis mit Sahne?« Sie nickte, er wandte sich wieder den anderen zu. »Nach dem Fund der beiden Leichen haben sich alle ein Beispiel an der jungen Anwärterin genommen, die die Howletts gefunden hat. Sie suchen jetzt überall nach Hohlräumen, und zwei von ihnen sind bereits fündig geworden. Jeder von ihnen hat ein Versteck hinter der Wandvertäfelung entdeckt und ebenfalls etwas Vakuumverpacktes zutage gefördert.«

»Noch mehr Leichen?«, fragte Nathalie zögerlich.

»Nein, aber bündelweise Bargeld. Pfundnoten, Dollarnoten, quer durch die gesamte Stückelung«, antwortete der Constable und grinste zufrieden. »Einer von den Jungs kam auf die Idee, mal einen Blick in die Scheune zu werfen, und da ist er auf ein Versteck gestoßen, in dem mehrere gut verpackte Gemälde liegen.« Strutner zuckte mit den Schultern. »Ich bin kein Fachmann für alte Meister, aber danach zu urteilen, dass die Bilder gut versteckt waren und das Versteck nur auffallen kann, wenn man ganz bewusst nach etwas sucht, dürften das wohl halbwegs wertvolle Gemälde sein.«

»*Mon dieu,* da müssten Sie ja beina'e Burlingtons Mörder einen Finderlohn dafür zahlen, dass er Sie auf diese Spur gebracht 'at«, meinte Peroux beeindruckt. »Und diese jungen Leute … das werden sicher einmal gute Polizisten, wenn sie die Aufnahmeprüfung schaffen.«

Strutner lächelte weiter vor sich hin. »Die werden mir alle noch lange dankbar sein, dass ich sie für diese Aufgabe angefordert habe.«

»Wieso?«, fragte Louise. »Haben die drei anderen jetzt auch schon eine Zusage?«

»Das zwar nicht, aber nach dem Fund der Banknoten und der Gemälde hat die ganze Truppe jetzt bei ihrem Ausbilder einen so großen Stein im Brett, dass sie sich schon etwas wirklich Dummes leisten müssten, um nicht übernommen zu werden. Zum Beispiel das Vernichten von Beweisen«, fügte er hinzu. »Deshalb gehen sie jetzt sogar besonders behutsam vor, um ja keinen Schaden anzurichten. Wir müssen die Gebäude Meter für Meter durchsuchen und genau festhalten, wo was gefunden wird. Wenn jeder jetzt einfach irgendwo Verkleidungen von der Wand reißt oder Löcher in den Boden schlägt, werden womöglich Spuren vernichtet, die uns zu Burlingtons Hintermännern führen, die der Mann ganz sicher haben musste, wenn er in dieser Größenordnung tätig gewesen ist.«

»Das heißt, die liefern sich jetzt keinen Konkurrenzkampf auf Kosten der Ermittlungen, nur weil jeder meint, er müsse jetzt noch einen spektakuläreren Fund machen«, sagte Louise. »Das ist gut.«

»Das ist *sehr* gut. Das bedeutet nämlich, dass ich nicht den ganzen Tag danebenstehen und aufpassen muss, damit niemand im Übereifer etwas kaputtmacht«, erwiderte er erleichtert. »Die jungen Leute wissen jetzt, dass sie alles genau dokumentieren müssen, wenn ihre Funde anschließend noch zu irgendetwas gut sein sollen.« Er unterbrach sich, um einen Schluck von dem Bier zu trinken, das die Kellnerin ihm soeben gebracht hatte. »Was war das mit Miss Brinkley? Hat sie sich zu irgendetwas geäußert?«

»Bei ihr waren wir noch nicht«, erklärte Nathalie. »Wir haben mit Mrs. Cook gesprochen, aber sie und ihr Mann wären höchstens dann verdächtig gewesen, wenn Burlington vor seinem Ende stunden- oder tagelang Qualen hätte ertragen müssen.«

»Wegen der Tochter«, sagte der Constable und nickte flüchtig. »Ja, das passt. Die beiden wären mit mehr Erfindungsreichtum ans Werk gegangen. Burlington kann so gesehen sogar von Glück reden, dass die beiden offenbar keine Mordpläne gehegt haben. Und Miss Brinkley weiß noch nicht, dass sie womöglich aufgefallen ist?«

»*Non*, Constable«, antwortete Peroux. »Isch möchte erst von Madame Ritchie mehr Details erfahren. In groben Zügen 'at sie mir zwar erzählt, was vorgefallen ist, aber isch könnte mir vorstellen, dass sie es noch etwas genauer schildern wird, wenn wir unter vier beziehungsweise sechs Augen mit ihr reden. Madame Ritchie war aber nicht zu 'ause, als wir sie aufsuchen wollten. Ein … nun, sagen wir 'ilfsbereiter Nachbar will ihr Bescheid geben, dass sie sich bei uns meldet, wenn er sie nach 'ause kommen sieht. Und er 'at uns auch zugesichert, uns sofort zu informieren, wenn er sie sieht.« Er lächelte ironisch. »So 'at er zur Abwechslung wenigstens einen offiziellen Grund, seine Nachbarn zu beobachten.«

Während sie sich unterhielten, war der Wagen eines Paketdienstes auf den Parkplatz gefahren. Nathalie musste die Augen zusammenkneifen, weil ihr die Sonne trotz des Schirms über dem Tisch genau ins Gesicht schien. Sie erkannte den Mann, der aus dem Wagen stieg und ihr zuwinkte, kaum dass er sie entdeckt hatte. »Allmählich glaube ich, dass man das Black Feather nie verlassen und stattdessen einfach nur lange genug warten muss, denn früher oder später kommt doch jeder her, den man sprechen möchte«, sagte sie.

Ladbroke kam zu ihnen an den Tisch und grüßte die Anwesenden mit einem Nicken und einem Lächeln. »Na, das trifft sich ja gut, dass Sie alle hier versammelt sind. Ich habe meinen Kollegen sprechen können, den, der die beiden Pakete abgeholt hat.«

»In Croydon«, ergänzte der Constable.

»Irrtum«, erwiderte der Kurierfahrer. »Das ist zwar die Adresse, die auf beiden Paketen als Absender angegeben ist, aber die hat mit der Abholadresse wenig zu tun. Außer dass es sich auch um eine Seniorenresidenz handelt, die in einem Stadtteil mit C liegt. Crescent Park in Chelsea.«

»Hat das Ihren Kollegen nicht stutzig gemacht?«, wollte Peroux wissen.

»Nein, weil das nicht ungewöhnlich ist. Es kommt auch häufig vor, dass Angestellte uns ihre privaten Päckchen und Pakete mitgeben, da hat die Abholadresse auch nichts mit dem Absender zu tun. Und wenn derjenige, der ein Paket zu verschicken hat, mit uns verabredet, dass er um eine bestimmte Uhrzeit in einer Hotellobby oder vor einem Krankenhaus auf uns wartet, holen wir das Paket dort ab und verschicken es.«

»Das heißt, wir haben keine Ahnung, wer die beiden Pakete an Burlington abgeschickt hat«, murmelte der Constable.

»Das würde ich nicht unbedingt sagen«, gab der Bote zurück und verzog den Mund. »Meinem Kollegen ist schon im Gedächtnis geblieben, wie die Versenderin aussah, weil er von ihr fünfzig Pence Trinkgeld bekommen hat, verbunden mit dem wohl ernst gemeinten Ratschlag, er solle sich davon einen Kaffee gönnen.«

»Einen Kaffee für fünfzig Pence?«, wiederholte der Constable und musste lachen. »Das kann ja nur eine Bewohnerin dieser Residenz gewesen sein, die sich daran erinnern kann, wie viel sie vor dem Ersten Weltkrieg für einen Kaffee bezahlt hat.«

»Es war tatsächlich eine ältere Dame«, bestätigte Ladbroke. »Und der Punkt irritiert mich, denn nach der Beschreibung meines Kollegen zu urteilen, scheint es sich um die gleiche Frau zu handeln, der ich im Antiquitätengeschäft begegnet bin. Diese Annabelle Maypeny.«

»Was?«, rief Strutner. »Das ergibt doch keinen Sinn!«

Der Paketbote nickte. »Finde ich auch, deshalb glaube ich ja, dass sie nur so ähnlich ausgesehen hat, aber … na ja, mein Kollege hat sie beschrieben, ohne dass ich ihm irgendwie auf die Sprünge helfen musste, und das, was von ihm kam, passte sehr genau auf diese Miss Maypeny. Sie hat bei ihm zwar ihren Namen mit Mrs. Smith angegeben, aber das wird ja bei der Abholung nicht überprüft.« Er legte einen Zettel auf den Tisch. »Das sind die exakten Angaben, um wie viel Uhr die Pakete abgeholt wurden. Vielleicht hilft Ihnen das ja weiter.«

»Falls wir noch Fragen haben, rufen wir an«, versicherte ihm Nathalie. »Erst mal vielen Dank für Ihre Nachforschungen.«

»Gern geschehen«, sagte Ladbroke und verabschiedete sich, ging zu seinem Wagen zurück und fuhr ab.

»Zu schade, dass wir kein Foto von dieser Frau in Chelsea und von der haben, die Burlington besucht hat«, seufzte Nathalie.

»Na ja …«, begann Louise unschlüssig, so als wüsste sie nicht, ob sie wirklich das zur Sprache bringen wollte, was ihr auf der Zunge lag.

»Louise?«, fragte Nathalie argwöhnisch. »Wollten Sie etwas sagen?«

Sie räusperte sich gleich zweimal, ehe sie antwortete: »Es wäre … möglich, dass wir eine Aufnahme von dieser Frau bekommen könnten … sofern sie so gestanden hat, dass eine der Kameras sie erfasst hat.«

»Aha.« Mehr sagte Nathalie nicht, stattdessen musterte sie die Köchin aufmerksam.

»Es ist nur so … ich … ich müsste jemanden um diesen Gefallen bitten, den ich … den ich lieber nicht anrufen würde«, erklärte sie.

Das ließ den Constable aufhorchen. »Augenblick mal, reden wir hier über den guten alten Sergej?«

»Wer ist der gute alte Sergej?«, wollte Nathalie wissen.

»Ein alter Bekannter«, kam die ausweichende Antwort.

Nathalie sah das schelmische Grinsen, das der Constable sich nicht verkneifen konnte und wohl auch nicht wollte.

»Nur ein Bekannter?«, hakte sie nach.

»Ja, ja.«

»Sag es ihr schon, Louise«, warf Strutner amüsiert

ein. »Du weißt, wie hartnäckig sie sein kann, wenn sie etwas herausfinden will. Ist jetzt ohnehin nur noch eine Frage der Zeit, bis sie es erfährt.«

»Bis ich was erfahre?«, fragte Nathalie und beugte sich vor, da sie es nicht erwarten konnte, endlich mal eines der vielen Geheimnisse in Erfahrung zu bringen, die ihre Köchin so gewissenhaft hütete.

»Sergej ist ein alter Freund …«

»… und Verehrer«, ergänzte Strutner und zwinkerte Nathalie zu.

»So? Ein Verehrer?«, wiederholte sie und zog eine Augenbraue hoch, um ihre Neugier zu bekunden.

»Das ist lange her, und außerdem war es eine rein dienstliche Angelegenheit, wie man unschwer daran erkennen kann, dass der Mann Sergej heißt«, gab Louise in einem schicksalsergebenen Tonfall zurück. »Ich denke, der Vorname sagt genug über seine Herkunft aus, wenn Sie gleichzeitig in Erwägung ziehen, wer zu der Zeit mein Arbeitgeber war.«

»Ach, ein bisschen mehr Informationen zur Person können nicht schaden«, sagte Nathalie und zwinkerte Louise zu, um ihr zu zeigen, dass sie es nicht ganz so ernst meinte.

»Später … vielleicht«, gab Louise zurück. »Jedenfalls ist es so, dass Sergej zum Vorstand der Gesellschaft gehört, die die Crescent-Park-Häuser betreibt. Wenn er die Anweisung gibt, dass jemand im Haus in Chelsea die Aufnahmen der Überwachungskameras heraussuchen und mir zuschicken soll, dann kann ich davon ausgehen, dass ich eine Stunde später Fotos oder einen Filmschnipsel vorliegen habe.«

»Na, das wäre doch perfekt«, fand Nathalie. »Worauf warten Sie noch?«

»Der Haken an der Sache ist der«, fuhr die Köchin

fort, »dass ich bei ihm nichts mehr guthabe. Wenn ich ihn jetzt um die Bilder bitte, hat er bei mir was gut, und ich weiß genau, womit er dann wieder bei mir ankommt, nämlich mit einer Einladung zum Essen, das in einem so teuren Restaurant stattfinden wird, dass es in keinem Verhältnis zu dem steht, worum ich ihn gebeten habe.« Sie verdrehte die Augen. »Und alles nur, weil ein Paketbote aufgrund der Beschreibung von einem Kollegen vermutet, dass die gleiche Frau zwei Pakete an den Laden geschickt hat, in dem er sie gesehen hat.«

»Kommen Sie, Louise, Sie wollen doch auch wissen, was dahintersteckt, oder etwa nicht?«, köderte Nathalie sie. »Stellen Sie sich vor, wir überführen so den Mörder. Dann wäre es das alles doch wert, oder nicht?«

»Ja, das schon, aber …«

»Kein Aber, Louise«, ging Strutner dazwischen. »Du weißt, was passiert, wenn du die Ermittlungsarbeit der Polizei behinderst, und das auch noch vorsätzlich und aus niederen Beweggründen.«

»Aus niederen Beweggründen?«, wiederholte Louise ungläubig.

»Natürlich«, meinte er grinsend. »Du willst einen Mörder ungestraft davonkommen lassen, nur weil dich ein uralter, fetter Russe zum Essen einladen könnte.«

»Er ist weder uralt noch fett«, protestierte sie so energisch, dass ihr selbst auffiel, wie verräterisch sie sich soeben verhalten hatte.

»Na, dann kann es doch nicht so schlimm sein«, sagte der Constable triumphierend.

»Ist ja gut, ich werde ihn anrufen«, erklärte die Köchin sich bereit, zog ihr Smartphone aus der Tasche und stand auf, dann ging sie um die Ecke, damit der Lärm der vorbeifahrenden Wagen sie nicht störte.

»Isch bin schon sehr gespannt, wie sich das Ganze

auflösen wird«, sagte Peroux, der das gesamte Hin und Her rund um Sergej schweigend mitverfolgt hatte. »Das Interessante ist, dass man sich manchmal sicher ist, alle Verdächtigen festgestellt zu 'aben, und wenn man dann damit beginnt, die unwahrscheinlichen von den wahrscheinlichen Tätern zu trennen, kommt auf einmal ein neuer Name ins Spiel.«

Der Constable nickte. »Wir sollten zumindest ausschließen können, dass es bloß ein Raubüberfall war, der ein böses Ende genommen hat. Es muss schon etwas sehr genau Geplantes gewesen sein.«

»Vermutlich ja, aber manchmal neigen wir Ermittler auch dazu, zu viel in einen Vorgang 'ineinzuinterpretieren. Dann konzentrieren wir uns auf Kleinigkeiten und glauben, in ihnen etwas Bedeutungsvolles zu sehen, das eigentlich gar nicht da ist. Beides ist gefährlich, weil es uns den Blick auf das versperrt, was tatsächlich zu sehen ist«, warnte Peroux den anderen Mann.

Während Strutner und der Belgier sich weiter unterhielten, fiel Nathalies Blick auf einen Mann, der soeben aus dem Pub auf die Terrasse kam und sich umschaute. Er war auf jeden Fall über zwei Meter groß, aber der Wust aus orangeroten Rastalocken ließ ihn noch viel größer erscheinen. Er trug eine Designerbrille mit einem roten und einem blauen Bügel und einer leuchtend gelben Fassung. Die Gläser hatten den gleichen Farbton wie seine Haare. Das Hemd war mit Motiven des Zeichners M.C. Escher bedruckt, dessen optische Illusionen von aufwärtsströmenden Flüssen und endlosen, immer nur nach oben führenden Treppen nichts für zart besaitete Augen waren. Die Hose wies ein verwirrendes Spiralmuster auf, das sich auf den Laufschuhen fortsetzte. Wie alt der Mann sein mochte, konnte sie unmöglich sagen, da von einem verlebten Zwanzigjährigen bis zu einem topfitten Siebzigjährigen alles denkbar war.

»Ich suche eine Nathalie Ames«, sagte er, als er sich ihrem Tisch näherte.

»Das bin ich«, antwortete sie und stand von ihrem Stuhl auf. »Was kann ich für Sie tun?«

»Bill Purvis hat mir gesagt, dass Sie Möbel verkaufen möchten.«

»Oh, ach, Mr. Purvis schickt Sie?«, fragte sie mehr reflexartig, weil die Frage völlig überflüssig war. Dabei fiel ihr ein, dass Purvis noch gar nicht vorbeigekommen war, um die versprochenen Fotos zu machen. Deren Sinn und Zweck wäre es ja gewesen, solche Besuche zu vermeiden, die unweigerlich eine Besichtigung der Wohnung nach sich zogen.

Der Mann reagierte nicht, wohl weil er ihre Erwiderung ebenfalls für verzichtbar hielt. Dennoch wäre ein kurzes »Ja« sicher nicht zu viel verlangt gewesen. »Tja, ähm, das kommt jetzt etwas unverhofft, aber … puh … na ja, wenn Sie jetzt schon hier sind … Es wäre nicht verkehrt gewesen, vorher einmal anzurufen, ob ich überhaupt im Haus bin.«

»Aha«, war alles, was der Mann herausbrachte.

Nathalie musste den Kopf in den Nacken legen, um dem Mann ins Gesicht zu sehen, aber wohin er genau blickte, konnte sie nicht erkennen, da die Brillengläser wie verspiegelt wirkten.

»Gut, dann kommen Sie bitte mit«, sagte sie, da ihre höfliche Ader die Oberhand gewann. Schließlich wollte sie die Wohnungseinrichtung so komplett wie möglich verkaufen, und dafür musste sie nun mal freundlich sein, auch wenn es dem potenziellen Käufer an jeglichen Manieren fehlte. Sie ging in den Pub und von dort in den Korridor, der das Lokal vom Café trennte. Am Ende des Korridors befand sich die Tür zu der Wohnung, in der jetzt Nathalie wohnte, die früher aber ihrer Tante Henrietta gehört hatte.

Der Mann mit den orangenen Rastalocken folgte ihr bis in die Wohnung. Nachdem er einen Schritt hinein gemacht hatte, ließ er seinen Blick mal nach links, mal nach rechts wandern. Immer wieder kam ein leises »Hm« über seine Lippen. Nach einer Weile sagte er etwas, das sich nach »Das steht also alles nebeneinander« anhörte, das aber auch etwas ganz anderes hatte sein können.

Nathalie wartete geduldig, während der Rastalockenmann sich nur schweigend umsah und nach einiger Zeit mit beiden Händen zu fuchteln begann. Dabei bewegte er die Finger zeitweise so, als würde er mitten in der Luft Bauklötze stapeln oder hin und her schieben.

Nachdem Nathalie einen Blick auf die Uhr geworfen und dabei festgestellt hatte, dass inzwischen fast zehn Minuten vergangen waren, ohne dass dieser Mann irgendetwas gesagt hatte, meinte sie kurz entschlossen: »Okay, das war's, die Führung ist zu Ende.« Dann packte sie ihn an den Ellbogen – wofür sie nach oben greifen musste – und schob ihn vor sich her aus ihrer Wohnung, durch den Korridor bis in den Pub und dann durch den Pub bis nach draußen auf die Terrasse. »Wenn Sie noch eine Führung mitmachen wollen, kostet Sie das zehn Pfund. Aber melden Sie sich mindestens drei Tage im Voraus an, dann kommt der Kinderchor her und tut was gegen die Stille. Und jetzt wünsche ich Ihnen eine schöne Heimfahrt«, rief sie ihm über die Schulter zu, während sie zu Strutner und Peroux zurückging. Fast am Tisch angekommen, klingelte ihr Smartphone.

»Ja?«

»Bill Purvis hier, Miss Ames?«

»Ja, ich bin's«, sagte sie. »Erzählen Sie mir bitte, dass Sie jemanden gefunden haben, der mich auf einen Schlag von allen Möbeln meiner Tante befreit.«

»Vielleicht ja. Da ist jemand zu Ihnen unterwegs, der sich gern ansehen würde, was in der Wohnung versammelt steht.«

»Noch einer?«, stöhnte sie auf. »Gerade eben hat sich hier schon ein Typ umgesehen.«

»Ein Typ? Was für ein Typ?«, fragte Purvis erschrocken.

»Ich habe keine Ahnung, weil ich vergessen habe, ihn nach seinem Namen zu fragen«, antwortete sie. »Aber wenn ich diesen Kerl mit seinen orangenen Rastalocken noch mal zu sehen bekomme, dann …«

»Er war schon da?«, rief der Gebrauchtmöbelhändler dazwischen. »Aber … deswegen rufe ich doch an, damit er angekündigt ist.«

»Da war der schräge Vogel wohl schneller als Sie«, gab sie achselzuckend zurück. Das konnte Purvis zwar nicht sehen, aber das war ihr im Moment auch egal, weil sie noch immer viel zu aufgebracht war.

»Man muss wissen, wie man ihn handhabt«, sagte Purvis. »Er ist etwas schwierig …«

»Er ist nicht ›etwas schwierig‹«, konterte Nathalie. »Ich habe ihn rausgeschmissen!«

»Was? Nein! O Gott, nein, das kann doch nicht wahr sein!«, rief Purvis voller Entsetzen. »Wissen Sie denn nicht, wer das war?«

»Er hielt es nicht für nötig, sich bei mir vorzustellen.«

»Das war Orin Batsetakis!«

Nathalie atmete tief ein und aus, während sie überlegte, ob sie den Namen irgendwo schon mal gehört hatte, aber ihr kam nichts in den Sinn. »Und wer ist dieser Orin Batse… egal. Wer ist das?«

»Der Filmemacher Orin Batsetakis. Er dreht Arthaus-Filme, er ist ein Star in dieser Szene, und er ist bekannt dafür, sehr verschwenderisch zu sein, was Gagen und

Kulissen angeht. Seine Filme gehen an den Kinokassen regelmäßig durch die Decke. Haben Sie *Dialog mit einem Schrank* gesehen?«

»Ich habe ja noch nicht mal den Titel irgendwo gelesen.«

»Oder *Das Ballett der Einbeinigen?*«

»Klingt nach Monty Python«, sagte sie. »Ist mir auch kein Begriff.«

»Egal. Seine nächste Produktion wird von einem großen Studio mitfinanziert, und dann kann er noch mehr ausgeben, auch für eine Wohnungseinrichtung wie die, die Sie verkaufen wollen«, redete Purvis auf sie ein. »So eine Gelegenheit kommt nie wieder. Halten Sie ihn auf, holen Sie ihn zurück. Sagen Sie ihm, das alles war nur ein Missverständnis.«

»Er hat sich mir nicht vorgestellt, er hat weder einen guten Tag gewünscht noch mir die Hand gegeben. Er ist die Unhöflichkeit in Person«, beharrte sie. »Vielleicht denkt er ja, dass er ein paar dumme Dorfbewohner vor sich hat, mit denen er so was machen kann, aber dann ist er bei mir an der falschen Adresse.« Sie sah, wie der Filmemacher den Parkplatz überquerte, in einen wartenden Jaguar einstieg und dem Fahrer mit einer ungehaltenen Geste bedeutete, er solle endlich losfahren. »Außerdem ist er gerade abgefahren, Mr. Purvis. Ich warte auf den nächsten Interessenten, so eilig ist das Ganze dann auch wieder nicht.«

Sie hörte den Mann am anderen Ende der Leitung laut seufzen. »Na gut, dann kann man nichts machen. Ich melde mich bei Ihnen, wenn sich etwas tut.«

Nathalie bedankte und verabschiedete sich, dann nahm sie auf ihrem Stuhl Platz und bemerkte die fragenden Blicke der beiden Männer. »Ist Louise noch nicht zurück? Telefoniert sie jetzt schon seit einer Viertelstunde mit diesem Sergej?« Beiläufig nahm sie wahr, dass vor dem Constable ein benutzter, leerer Teller stand. Offenbar hatte er innerhalb einer Viertelstunde die bestellte riesige Portion Hot Pot verputzt.

»Es muss sehr unangenehm für sie sein, mit diesem aufdringlichen Mann zu reden«, meinte Peroux und lächelte verschmitzt. »Isch 'offe, Mademoiselle Ames, Sie sind sich der Tatsache bewusst, dass Sie allein die Verantwortung für diese Misere tragen.«

»Ja, und ich bin schon jetzt untröstlich«, gab sie grinsend zurück.

»Wenn sie endlich wieder auftaucht, wird sie auf den Mann schimpfen und sich aufregen, dass der Kontakt jetzt wieder zustande gekommen ist, wo sie doch nichts mehr mit ihm zu tun haben wollte«, ergänzte der Constable in einem leiernden Tonfall.

Weitere zehn Minuten vergingen, dann kehrte Louise an den Tisch zurück. Sie versuchte, eine finstere Miene zu machen, aber nach dem Lächeln zu urteilen, das ihre Mundwinkel immer wieder leicht zucken ließ, musste dieser Sergej sie mit Komplimenten überhäuft haben.

»Und?«, fragte Nathalie.

»Was und?«, erwiderte ihre Köchin.

»Wird er es machen?« Als ihr ein verständnisloser Blick zugeworfen wurde, formulierte sie die Frage neu: »Wird er Ihnen die Aufnahmen der Überwachungskameras zuschicken?«

»Oh, das meinen Sie«, sagte Louise. »Ja, ich … ähm … ich muss noch mal schnell nachfragen, ob ich ihm auch das richtige Datum durchgegeben habe. Bin gleich wieder da.« Mit diesen Worten stand sie auf und verschwand wieder um die Ecke, um in Ruhe telefonieren zu können.

Nathalie, Strutner und Peroux sahen sich an, dann

sagten sie alle drei gleichzeitig: »Sie hat Sergej überhaupt nicht nach den Bildern gefragt.« Das anschließende Gelächter war so laut, dass Nathalie aus dem Augenwinkel sehen konnte, wie Louise um die Ecke spähte, um dem Lärm auf den Grund zu gehen.

In der Nacht träumte Nathalie von einer ganzen Armee aus großen Männern mit orangenen Rastalocken, die zur Tür und durch alle Fenster in ihre Wohnung gequollen kamen, um jedes einzelne Möbelstück an sich zu reißen und wegzuschaffen. Aus einem unerfindlichen Grund wuchs jeder Schrank und jeder Sessel sofort nach, sobald die Männer ihn von der Stelle bewegt hatten, sodass gleich die nächsten nachrückten, um auch wieder einen Schrank oder einen Sessel nach draußen zu tragen.

Sie war heilfroh, dass ihr Telefon klingelte und sie aus diesem Traum riss. Es kam selten vor, dass sie wusste, wann sie träumte, doch immer, wenn das geschah, wollte es ihr einfach nicht gelingen, daraus zu entkommen. Umso dankbarer war sie dem Anrufer.

Als sie auf dem Radiowecker sah, dass es Viertel vor drei in der Nacht war, stutzte sie. Louise hatte ihr zwar versprochen, ihr sofort Bescheid zu geben, sobald die Bilder der Überwachungskameras eingetroffen waren, die hoffentlich die rätselhafte alte Frau zeigten. Allerdings hatte Sergej Louise erklärt, dass er das vor dem nächsten Morgen nicht würde erledigen können, und damit hatte er sicher nicht Viertel vor drei gemeint.

Die angezeigte Nummer war ihr nicht bekannt, dennoch nahm sie den Anruf an. Womöglich hatte jemand etwas Wichtiges im Fall Burlington gehört, das keinen Aufschub erlaubte.

»Ja?«

»Miss Ames, hier ist Jamie Brascombe … der Nachbar von Mrs. Ritchie!«

»Mhm, ja, ich erinnere mich«, murmelte sie immer noch schlaftrunken. »Was … ähm … was?«, fragte sie, unschlüssig, was sie eigentlich fragen wollte.

»Sie müssen sofort herkommen! Irgendwas stimmt mit Mrs. Ritchie nicht! Sie liegt nur da!«

Siebtes Kapitel, in dem eine kostbare Münze an einem unerwarteten Ort auftaucht

Es regnete in Strömen, als sie eine halbe Stunde später vor dem Haus von Mrs. Ritchie anhielten. Louise war noch so lange mit den Vorbereitungen der Tageskarte für die nächste Woche beschäftigt gewesen, dass sie auf Nathalies Angebot eingegangen war, auf der Couch im Wohnzimmer zu übernachten. Normalerweise hätte sie ein freies Zimmer genommen, aber Zimmer waren in dieser Nacht Mangelware, nachdem ein Reisebus aus Lettland fast genau gegenüber vom Black Feather liegen geblieben war und die über vierzig Touristen an Bord sich vehement geweigert hatten, die Nacht in dem warmen, stickigen Bus zu verbringen, bis ein Ersatzfahrzeug eintraf. Das hatte zwar zunächst nur gut drei Stunden gedauert, aber selbst das war der lettischen Reisegruppe zu viel gewesen, weshalb man gemeinschaftlich ausgestiegen war und die Terrasse des Black Feather in Beschlag genommen hatte, um die Zeit mit kalten Getränken und Eis zu überbrücken. Die angekündigten drei Stunden waren noch längst nicht um gewesen, da hatte der Fahrer berichtet, dass vor drei Uhr in der Nacht kein Ersatzbus zur Verfügung stehen würde. Die Letten hatten daraufhin die Rezeption gestürmt, weil jeder versucht hatte, vor allen anderen ein Zimmer zu ergattern, um nicht Gefahr zu laufen, am Ende ohne Bett dazustehen. Nathalie hätte ein kleines Vermögen verdienen können, weil die Touristen sofort anfingen, sich gegenseitig zu überbieten, um bevorzugt behandelt zu werden. Doch sie hatte lediglich zur Bedingung gemacht, dass sich notfalls auch zwei Reisende ein Zimmer teilten, die nicht zusammengehörten, und dass sie damit einverstanden waren, ein oder zwei Klappbetten ins Zimmer gestellt zu bekommen. Ihre Worte hatte man mit Begeisterung und Jubel aufgenommen, und sie hatte nur mit Mühe und unter Hinweis auf die niedrigen Decken verhindern können, dass man sie auf Schultern umhertrug.

»Gut, dass keiner von den Letten beschlossen hat, auf der Wiese neben dem Pub zu schlafen«, sagte Louise und verzog den Mund angesichts des Lärms, den der aufs Wagendach prasselnde Regen verursachte. Sie machte die Beifahrertür auf, stieg aus und ging gemächlich zum Haus von Mrs. Ritchie, während Nathalie an ihr vorbeieilte und unter dem kleinen Vordach Schutz suchte.

»Macht Ihnen das gar nichts aus, bis auf die Haut nass zu werden?«, fragte sie.

Louise zuckte mit den Schultern. »Nicht, wenn es so warm ist wie in der ganzen letzten Woche. Ist doch eine angenehme Abkühlung.«

»Also, in der Stadt sehe ich kaum jemanden, der freiwillig mitten durch den Regen geht.«

»Tja, Städter sind halt verweichlicht«, fand Louise und grinste sie breit an. »Außerdem: Wer mal Gelegenheit hatte, in einen Monsunregen zu geraten, der kann nur milde lächeln, wenn er die paar Tropfen sieht.«

»Hm, ich hätte gedacht, dass unser werter Mister Peroux mindestens so abgehärtet ist wie Sie«, wunderte sich Nathalie, als sie sah, dass er seinen Platz auf der Rückbank noch immer nicht verlassen hatte. »Ob er wartet, dass der Regen nachlässt?«

»Dann wird er lange warten müssen«, sagte Louise. »Laut Wetterbericht wird erst am Vormittag Wind aufkommen, der diese Wolken da oben vertreiben kann.«

»Kommen Sie schon, Mister Peroux«, rief Nathalie ihm zu. »Oder wollen Sie sich mit dem begnügen, was wir Ihnen anschließend erzählen? Stellen Sie sich vor, wir verheimlichen Ihnen ein wichtiges Detail. Wollen Sie das wirklich riskieren?« Sie sah, wie der Mann sich einen Ruck gab und die Tür öffnete. »Hätte mich auch sehr gewundert, wenn ein Genauigkeitsfanatiker wie er nicht den Tatort sehen will.«

Während Peroux den Weg zum Haus tänzelnd zurücklegte, um in keine der vielen Pfützen zu treten, klopfte Louise an der Haustür. Die wurde Augenblicke später geöffnet, Constable Strutner nickte ihnen zu. »Ah, da seid ihr ja«, sagte er und hielt ihnen sofort Einweghandschuhe hin. »Die Kollegen werden so bald nicht hier auftauchen, da dürfen wir nicht alles anfassen. Den Arzt habt ihr übrigens verpasst, der ist vor ein paar Minuten abgefahren.« Aus dem Wohnzimmer kam Strutners grauer Zwergschnauzer Colonel Jackson angelaufen, um die Neuankömmlinge zu begrüßen. Sein Stummelschwanz wippte aufgeregt hin und her, während Colonel Jackson sich aufrichtete und sich dann mit den Vorderpfoten zuerst an Nathalies und danach an Louises Bein abstützte, um sich von beiden Frauen ausgiebig kraulen zu lassen.

»Und warum trägt Colonel Jackson keine Handschuhe?«, fragte Louise mit einem Zwinkern.

»Ganz einfach«, antwortete der Constable. »Weil er ein Rund-um-die-Uhr-Alibi hat, schließlich ist er entweder mit mir unterwegs, oder er ist zu Hause und die Tür ist abgeschlossen.«

Der Schnauzer ließ von Louise ab und lief an den beiden vorbei zum dritten Neuankömmling.

»*Mon dieu,* ein nasser 'und!«, rief Peroux, als er triefend nass ins Haus kam und die Tür hinter sich schloss. »Isch wusste nicht, dass Madame Ritchie einen 'und 'at.«

»Hat sie auch nicht, Mister Peroux. Colonel Jackson ist mein Hund«, erwiderte Strutner.

»Colonel Jackson?«, wiederholte der Belgier, der sich um sich selbst drehte, um den Hund davon abzuhalten, dass er ihn ansprang. Der Schnauzer schien diese hektischen Bemühungen allerdings so zu deuten, dass Peroux mit ihm spielen wollte.

Nathalie beobachtete die beiden eine Weile und musste schmunzeln. Peroux alias der unaussprechliche Belgier hatte sich so sehr in die Rolle des peniblen und etwas verschrobenen Privatdetektivs hineingesteigert, dass er sich sogar eine Abneigung gegen Hunde angeeignet hatte. Die mochte auf andere Menschen einen überzeugenden Eindruck machen, aber Hunde ließen sich nichts vormachen, und Colonel Jackson war der Beweis dafür, dass der wahre Mensch hinter dem Künstlernamen Peroux ein ganz anderer Typ war.

»Constable, pfeifen Sie bitte Ihre Bestie zurück«, drängte der Privatdetektiv.

»Jackson, lass den Herrn in Ruhe«, sagte Strutner amüsiert, woraufhin der Hund sofort zu ihm zurückkam und sich neben ihn stellte.

»Danke«, murmelte Peroux und schüttelte sich, was aber nicht dem Hund zu gelten schien, sondern dem Umstand, dass der Regen mit seinem dünnen Sommeranzug leichtes Spiel gehabt hatte und der Mann bis auf die Haut nass geworden sein musste. Lediglich der kleine Aktenkoffer, den er auch jetzt wieder mit sich herumtrug, hatte dem Wetter trotzen können. »Kann isch jetzt Madame Ritchie se'en? Dafür sind wir doch 'ergekommen, nicht wahr?«

»Alle mitkommen«, sagte der Constable und ging vor der Gruppe her ins Wohnzimmer. Elinor Ritchie lag zwischen Schrank und Couchtisch auf dem hellen Teppich, an der Schläfe war etwas Blut zu sehen.

Peroux schob sich an Nathalie, Louise und dem Constable vorbei, machte einen Schritt über den Schnauzer hinweg und hockte sich neben die Tote. Er betrachtete die Wunde, zog die Einweghandschuhe an, die Strutner ihm auch gegeben hatte, und drehte den Kopf der Frau zur Seite. Schließlich stand er wieder auf. »Diese kleine Platzwunde an der Schläfe ist unmöglich die Todesursache. Wenn isch mir ihr Gesicht so ansehe, würde isch eigentlich vermuten, dass sie erwürgt wurde, aber ihr 'als weist keine Würgemale auf. Isch kann auch keine Spuren von einem Klebeband oder etwas Ähnlichem an den Lippen oder rund um den Mund erkennen.«

»Richtig, der Schlag auf den Kopf hat sie nicht umgebracht«, bestätigte der Constable. »Zu dem gleichen Schluss ist der Doc auch gekommen. Aber er hat genügt, um sie bewusstlos werden zu lassen. Und dann hat der Täter sie tatsächlich erstickt, allerdings weder mit den Händen noch durch irgendeine andere äußerliche Einwirkung.«

»Isch glaube, momentan kann isch Ihnen nicht folgen, Constable.« Peroux zog die Augenbrauen zusammen. »'ätte er ihr ein Gift gespritzt, das ihre Atmung lähmt, könnte der Doktor das noch nicht wissen, weil dazu erst eine Blutuntersuchung durchgeführt werden muss.«

»Der Mörder hat ihr das hier in den Rachen gedrückt«, erklärte Strutner und hielt eine kleine durchsichtige Plastiktüte hoch, in der sich eine Goldmünze befand. »Der Doc hatte Schwierigkeiten, dieses Ding aus ihrem Hals zu bekommen, was bedeutet, dass Mrs. Ritchie es auf keinen Fall hätte schaffen können, wäre sie noch aus ihrer Ohnmacht erwacht. Aber danach zu urteilen, wie wir sie hier vorgefunden haben, hat sie von dieser widerwärtigen Tat gar nichts mitbekommen. Der Körper konnte einfach nicht mehr mit Sauerstoff versorgt werden. So brutal dieser Akt war, ihr die Münze in den Hals zu rammen, hat der Täter zugleich doch gnädig gehandelt.«

»Vielleicht aber auch nur aus purer Dumm'eit«, gab Peroux zurück. »Womöglich 'at der Mörder erwartet, dass Madame Ritchie aus ihrer Ohnmacht erwacht, wenn sie merkt, dass sie keine Luft mehr bekommt, und er 'at ge'offt, ihren Erstickungstod beobachten zu können.« Er deutete auf den Plastikbeutel, den Strutner zwischen Daumen und Zeigefinger hielt. »Sie wissen, womit der Täter sie umgebracht 'at?«

»Ich habe eine Ahnung«, antwortete der Polizist. »Und ich gehe davon aus, dass Sie mir gleich sagen werden, ob ich mit meiner Ahnung richtigliege.«

»Lassen Sie mal sehen«, sagte Nathalie und betrachtete die Münze genauer. »Ist das eine von den Dublonen?«

»*Exactement*«, antwortete der Belgier. »Entweder ist

der Mörder so ahnungslos, dass er nicht weiß, was für eine Münze er ihr in den 'als gesteckt 'at … oder er wollte 'ier ein Exempel statuieren. Vielleicht ist es ein Zeichen, eine Warnung, sich nicht mit ihm anzulegen.«

»Das wäre aber eine teure Warnung«, fand Louise.

»Vielleicht 'at Madame Ritchie mit Burlingtons Mörder gemeinsame Sache gemacht, und dann wollte sie einen größeren Anteil an der Beute haben«, überlegte Peroux und zuckte flüchtig mit den Schultern. »Es gibt viele Möglichkeiten, die jemanden zu so einer Tat treiben können. Oder eben pure Dumm'eit, weil der Täter die alten Münzen für wertlosen Tand ge'alten 'at.«

»Wie lange ist sie schon tot?«, wollte Nathalie wissen.

»Mindestens vierundzwanzig Stunden, aber genauer kann der Doc das noch nicht eingrenzen«, sagte der Constable.

»Dann war sie schon tot, als wir hier geklopft und geklingelt haben?«, fragte Nathalie erschrocken.

»Das ist ziemlich sicher der Fall gewesen«, bestätigte Strutner, »aber deswegen müssen Sie keinen Schreck bekommen, Miss Ames. Sie hätten schon zu nachtschlafender Zeit herkommen müssen, aber selbst dann hätten Sie sie vermutlich nicht retten können. Wie gesagt, der Doc musste mit zwei Zangen ran, um die Münze zu fassen zu bekommen. Und abgesehen davon hat er sie auch erst auf den zweiten Blick dort bemerkt.«

»Gibt es Spuren eines Einbruchs?«, fragte Peroux und nahm ihm den Beutel aus der Hand, um die Münze noch genauer zu betrachten.

»Mir ist bislang nichts aufgefallen«, erwiderte der Constable. »Alles spricht im Augenblick dafür, dass sie ihrem Mörder die Tür geöffnet hat und auf dem Weg hierher ins Wohnzimmer von ihm niedergeschlagen wurde. Das muss alles so unverhofft gekommen sein, dass sie einfach zusammengesackt und hingefallen ist. Wenn ich mir die Haltung der Arme ansehe, muss sie so schnell bewusstlos geworden sein, dass nicht mal mehr der Reflex einsetzen konnte, die Hände auszustrecken und den Sturz zu bremsen.«

»Sie sind ein guter Beobachter, Monsieur Strutner«, sagte Peroux lobend.

»Das verdanke ich Ihnen, Mister Peroux.«

Peroux lächelte erfreut. »Isch inspiriere Sie? Isch sporne Sie dazu an, sich selbst 'erauszufordern? Das … *eeehrt* mich, das ist ein großes Lob, müssen Sie wissen.«

Als Nathalie den unschlüssigen Gesichtsausdruck des Constable bemerkte, sagte sie: »Das war ein Kompliment von Mister Peroux. Nehmen Sie es an, Constable.« Mit einem schelmischen Grinsen fügte sie hinzu: »Davon verteilt er nicht allzu viele, also dürfen Sie sich doppelt geehrt fühlen.«

»Danke«, antwortete Strutner, schien aber immer noch nicht so recht glauben zu wollen, dass der Belgier das wirklich ernst meinte. Dann räusperte er sich. »Dann werden wir wohl als Nächstes mit Miss Brinkley reden müssen. Immerhin haben Sie von Mrs. Ritchie gehört, dass sie sich mit Burlington gestritten hat und dass Mrs. Ritchie vor ihr Angst hatte. Womöglich hat Miss Brinkley von dem Gespräch zwischen Ihnen beiden erfahren und Mrs. Ritchie zur Rede gestellt.«

»Es würde zumindest erklären, warum Madame Ritchie ihren späteren Mörder – oder vielleicht auch ihre spätere Mörderin – ins 'aus gelassen 'at«, überlegte Peroux.

»Wenn sie aber vor Miss Brinkley Angst hatte, warum hat sie sie dann hereingelassen?«, hakte Nathalie nach.

»Weil sie ihr diese Angst nicht zeigen wollte«, erwiderte Peroux achselzuckend. »'ätte sie das getan, wäre Mademoiselle Brinkley klar gewesen, dass sie etwas weiß und dass sie das womöglich jemandem erzählt 'at. Also 'at sie sich ahnungslos gegeben und Mademoiselle Brinkley ins 'aus gebeten – mit den fatalen Folgen, die wir jetzt vor uns se'en.«

Der Constable nickte. »Klingt überzeugend«, fand er. »Mal sehen, was Miss Brinkley dazu zu sagen hat.«

Doch Louise schüttelte den Kopf. »So einfach kannst du das nicht machen. Du kannst nicht zu ihr gehen und ihr unterstellen, dass sie Burlington und Mrs. Ritchie auf dem Gewissen hat. Wir müssen erst mal die Ergebnisse der Spurensicherung abwarten. Außerdem … da war doch noch von einem Jogger die Rede, von dem Mrs. Ritchie gestern besucht worden ist.«

»Ja, aber dazu kann nur Mr. Brascombe von nebenan etwas sagen«, erwiderte Nathalie. »Er hat ihn offenbar gesehen, dann wird er ihn hoffentlich auch beschreiben können. Wenn wir die Beschreibung haben, können wir im Dorf herumfragen, ob ihn noch jemand gesehen hat. Vielleicht führt diese Spur ja zu Miss Brinkley.« Sie überlegte kurz, dann fügte sie an: »Und es gibt ja auch noch das Rätsel der beiden Pakete aus der Seniorenresidenz in London, die so seltsam gezielt zugestellt werden sollten. Und die alte Dame, diese Miss Maypeny, die eine Millionen Pfund teure Vase durch die Gegend trägt, um sie ausgerechnet Burlington zum Kauf anzubieten.«

»Und nichts davon werden wir in den nächsten fünf bis sechs Stunden klären können«, warf Louise ein und musste ausgiebig gähnen. »Ich schlage vor, wir gehen jetzt alle wieder zurück ins Bett, und am Morgen können wir uns gemeinsam eine Strategie überlegen, wie wir mit all diesen merkwürdigen Dingen verfahren, die vielleicht oder vielleicht auch nicht etwas mit dem Mord an Burlington zu tun haben.« Sie sah in die Runde. »Höre ich irgendwelche Einwände?«

»Ich werde mich hüten«, entgegnete Nathalie und musste ebenfalls gähnen.

»Ihr könnt ja auch alle zurück ins Bett«, sagte Strutner und gab ihnen ein Zeichen, sich in Richtung Tür zu bewegen. »Ich muss auf die Spurensicherung warten, sonst kommt noch jemand auf die Idee, sich hier reinzuschleichen und Beweise zu vernichten oder falsche Beweise zu platzieren. Ich komme am Vormittag ins Black Feather, wenn hier alles erledigt ist.«

Nathalie öffnete die Haustür. »Oh, es hat aufgehört zu regnen«, stellte sie erfreut fest.

»Das 'ätte es auch schon vor einer Stunde tun können«, grummelte Peroux und ging zu Nathalies Wagen, um einzusteigen und darauf zu warten, dass er zum Black Feather zurückgefahren wurde.

»Sie waren heute Nacht etwas … wie soll ich sagen … ungehalten, Louise«, sagte Nathalie, als sie am Morgen ein Tablett mit frischem Kaffee und Croissants von der Küche ins Wohnzimmer trug und auf dem Tisch abstellte.

Ihre Köchin sah verdutzt auf das Tablett. »Frühstück? Das wäre doch nicht nötig gewesen.«

»Doch, das war nötig«, gab sie zurück und fügte grinsend an: »Oder wollen Sie lieber mit vierzig oder fünfzig Letten in einem Saal frühstücken, die sich eine aufgebrachte Diskussion mit dem Busfahrer liefern?«

»Ach, das ist der Lärm da draußen. Die Letten hatte ich schon ganz vergessen. Ähm … über was diskutieren die denn so aufgebracht?«

»Tja, zu meiner Schande muss ich gestehen, dass ich

mein Lettisch schon lange nicht mehr aufgefrischt habe«, erwiderte Nathalie ironisch. »Wäre das nicht eher Ihre Zuständigkeit?«

»Wenn die noch zur Sowjetunion gehören und Russisch reden würden …« Louise nickte bedächtig und schaute noch immer etwas verschlafen drein. »Ja, dann würde ich zumindest in groben Zügen wissen, um was es geht. Aber Lettisch …«

»Wenn ich raten soll, würde ich sagen, dass der Ersatzbus noch eine Weile länger auf sich warten lässt. Was genau los ist, werden wir spätestens erfahren, wenn die noch eine Übernachtung dranhängen … was ich nicht hoffen will. Wir haben gestern schon ein paar Fernfahrern sagen müssen, dass wir komplett belegt sind. Wir haben sie auf dem Parkplatz in ihren Wagen übernachten lassen und ihnen heute Morgen Frühstück gebracht.« Sie schenkte sich und Louise Kaffee ein und stellte den kleinen Korb mit den aufgebackenen Croissants, einen kleinen Teller mit Butter und ein Schälchen Erdbeermarmelade auf den Tisch. »Und?«

»Und was?«, fragte Louise.

»Und warum waren Sie so ungehalten?«

Louise starrte auf den Teller, auf den Nathalie soeben ein Croissant legte. »Weil ich mich geärgert habe.«

»Über wen oder was?«

»Über unseren ehrenwerten Constable Ronald Strutner«, sagte sie und strich ein wenig Marmelade auf das eine Ende ihres Croissants.«

»Es war aber Brascombe, der uns aus dem Schlaf gerissen hat.«

»Brascombe und sein nächtlicher Anruf sind nicht das Problem, auch wenn ich finde, er hätte erst mal einen Rettungswagen anfordern sollen. Schließlich konnte er nicht wissen, dass Mrs. Ritchie tot war. Indem er erst uns angerufen hat, hat er fünfzehn bis zwanzig Minuten nutzlos verstreichen lassen. Diese Minuten hätten fehlen können, wenn Mrs. Ritchie bei unserem Eintreffen noch gelebt hätte und der Rettungswagen erst dann von uns angefordert worden wäre. Aber das ist ein anderes Thema. Nein, es geht mir um Folgendes: Ich gebe ja zu, dass Ronald nicht der trottelige Polizist ist, für den ich ihn immer gehalten habe«, antwortete die Köchin und musste wieder gähnen. »Jedenfalls *nicht ganz so* trottelig. Es wird mir immer mehr bewusst, dass ein Teil seiner Unfähigkeit nur vorgetäuscht war, weil er gemerkt hatte, dass Henrietta und ich ihm immer dann unter die Arme griffen, wenn es etwas zu recherchieren gab oder wenn mögliche Zeugen befragt werden mussten. Das sind lästige Arbeiten, und ich muss ihm auch zugestehen, dass es zeitweise für einen einzelnen Polizisten zu viel ist, was er alles erledigen soll. Aber dieser Poirot-Verschnitt hat einen schlechten Einfluss auf Ronald.«

»Einen schlechten Einfluss?«, wiederholte Nathalie überrascht. »Aber Peroux hat doch selbst gesagt, dass der Constable sich von ihm inspirieren lässt.«

»Ich weiß, und das hätte sich Mister Peroux erst recht verkneifen sollen.«

»Tut mir leid, Louise, aber im Moment kann ich Ihnen nicht folgen. Wo ist das Problem, wenn Peroux eine inspirierende Wirkung auf den Constable hat?«

Louise biss von ihrem Croissant ab. »Das klingt jetzt vermutlich gemeiner als beabsichtigt, aber wenn ein Achtjähriger eine Galerie besucht und von einem besonders interessanten Gemälde von Matisse dazu inspiriert wird, selbst zu malen, dann wird er nicht am nächsten Tag von den Medien als der neue Matisse gefeiert. Wenn er zum Malen inspiriert wird und zu malen beginnt, dann werden Jahre vergehen, bis er die nötige Reife erlangt hat, um etwas Eigenständiges auf die Leinwand zu bringen. Und genauso wenig wird ein mittelmäßiger Polizist innerhalb von drei Tagen zum genialen Kombinierer, Beobachter, Fragensteller und Ermittler, nur weil er sich von einem Mann inspirieren lässt, der selbst nichts Besseres zu tun hat, als sich auf den Namen Hercule Poirot umtaufen zu lassen, was nur am Einspruch der Christie-Erben gescheitert ist. So führt sich Ronald jetzt aber auf.«

»Na ja, zumindest kommt er mir im Moment etwas entschlussfreudiger vor als üblich«, wandte Nathalie ein.

»Dagegen ist auch nichts zu sagen, aber wenn er wie heute Nacht losstürmen will, um Steph Brinkley zu befragen und am liebsten auch gleich noch festzunehmen, dann ist seine Entschlossenheit fehl am Platz. Wir sollten natürlich mit ihr reden, aber es darf nicht so bei ihr ankommen, als hätten wir sie bereits zur Hauptverdächtigen erklärt.«

»Ich weiß schon, was Sie meinen«, sagte Nathalie. »*Wir* sollten mit ihr reden, damit es so aussieht, als hätte er die nicht so wichtigen Befragungen uns übertragen, während er sich um die wirklich Verdächtigen kümmert.«

»Richtig«, bestätigte Louise und nickte zufrieden, dann biss sie wieder von ihrem Croissant ab. Ein leises Ping machte auf eine eingehende Mail auf ihrem Smartphone aufmerksam. Sie wischte sich mit der Serviette die Finger ab, dann öffnete sie die Mail.

»Ah, Sergej schickt mir was«, murmelte sie.

»Ja, Liebesgrüße aus Moskau«, meinte Nathalie und lachte immer noch, als Louise ihr längst mit einem giftigen Blick zu verstehen gab, dass das gar nicht lustig war. »*Ich* finde es trotzdem lustig.«

»Es ist ein Film«, redete Louise leise weiter, da sie

darauf konzentriert war, den Anhang zu öffnen und ihn sich anzusehen. »Das muss das Foyer der Seniorenresidenz sein … und da steht die Frau …«

»Lassen Sie mal sehen.«

»Warten Sie, ich leite die Mail an Sie weiter, dann können wir uns das auf Ihrem Computer im Büro ansehen«, sagte Louise, tippte etwas ein und verkündete Sekunden später: »So, das ist erledigt. Das schauen wir uns besser auf dem großen Bildschirm an.«

Nathalie ging zu ihrem Smartphone. »Dann werde ich jetzt Mr. Ladbroke anrufen, damit er sich diese Frau auch ansehen kann.«

Achtes Kapitel, in dem der Fund einer weiteren Münze einen bestehenden Verdacht erhärtet

Eine Stunde später betrat der Constable Nathalies Büro, in dem außer ihr auch Louise und Peroux saßen und auf ihn warteten. »Hallo zusammen«, grüßte Strutner in die Runde. »Was haben Sie herausgefunden?« Sein Blick wanderte zielstrebig zu dem Belgier, so als könnte nur er diese Frage beantworten, stellte Nathalie ein wenig irritiert fest.

»Se'en Sie mich nicht an, Constable, isch bin so ahnungslos wie Sie«, erwiderte Peroux.

»Sergej hat sich selbst übertroffen und mir die Aufnahmen von allen Kameras geschickt, die das Foyer zeigen«, erklärte Louise und nickte Nathalie zu, die auf ihrem Laptop etwas anklickte, dann tauchte auf dem

Monitor der Eingangsbereich des Crescent Park auf. Eine ältere, leicht gebeugt dastehende Frau hielt sich in der Nähe der Tür auf und schien auf jemanden zu warten. Einen Moment später näherte sich ein Kurierfahrer dem Gebäude, die Frau ging auf ihn zu, redete kurz mit ihm und gab ihm dann zwei Pakete mit. Auf dem Handscanner unterschrieb sie offenbar den Auftrag, der Bote kehrte mit den Paketen zu seinem Wagen zurück und fuhr ab.

»Das Gleiche sehen wir noch aus vier anderen Perspektiven, und dazu gibt es noch je eine Aufnahme, auf der zu sehen ist, wie sie zuerst aus dem Parkhaus auf der anderen Straßenseite kommt, in einer Hand einen Beutel mit den beiden Paketen, und nach der Übergabe an den Paketboten kehrt sie dorthin zurück. Kurz darauf verlässt zwar eine dunkle Limousine das Parkhaus, aber wegen der großen Entfernung ist weiter nichts zu erkennen. Weder die Marke kann man bestimmen, noch ist das Kennzeichen zu entziffern. Und wer den Wagen fährt, lässt sich auch nicht sagen. Ob der Wagen etwas mit der alten Frau zu tun hat, weiß kein Mensch. Sie kann genauso gut auf der anderen Seite das Parkhaus verlassen haben.«

»Inwieweit bringt uns das denn weiter, wenn wir sehen, dass diese Frau da tatsächlich die zwei fraglichen Pakete abgeschickt hat?«, wollte der Constable wissen. »Hat irgendjemand in der Residenz ihren Namen notiert?«

»Nein, niemand«, antwortete die Köchin. »Sergej hat noch herumgefragt, ob jemand etwas zu dieser Frau sagen kann, aber niemand hat sie auch nur bemerkt.«

Peroux zuckte mit den Schultern. »Isch dachte, es gäbe eine entscheidende Entwicklung in diesem Fall. Stattdessen 'aben wir jetzt ein Bild von der Unbekannten, die Monsieur Burlington zwei Pakete geschickt hat, ohne dass wir ihren Namen oder sonst etwas über sie wüssten. Das ist nicht sehr ermutigend.«

»Ganz im Gegenteil«, sagte Nathalie. »Wir haben vorhin die Aufnahmen Mr. Ladbroke gezeigt, dem Kurierfahrer.«

»Und?«, fragten die Männer gleichzeitig.

»Und er konnte diese Frau identifizieren. Das da ist Annabelle Maypeny.« Nathalie ließ eine Pause folgen und musterte den Constable und den Belgier, die kopfschüttelnd dasaßen.

»Aber Annabelle Maypeny ist die alte Frau, die mit dieser Vase bei Burlington war«, wandte Strutner ein.

»Richtig, aber sie hat auch die beiden Pakete abgeschickt«, betonte Nathalie. »Ein Zweifel ist ausgeschlossen. Wir haben uns vorhin von Ladbroke noch einmal bis ins Detail das Aussehen der Frau und ihrer Kleidung beschreiben lassen und ihm dann erst diese Bilder gezeigt. Es ist ein und dieselbe Frau. Sie sieht genauso aus, sie ist identisch angezogen. Das ist Annabelle Maypeny.«

»Verdammt«, murmelte der Constable. »Welchen Sinn ergibt denn das, zwei Pakete abzuschicken, die nur alte Prospekte enthalten, und dann den Kurierdienst so zu steuern, dass ein Paket ankommt, wenn die Absenderin selbst anwesend ist, während das zweite genau dann geliefert werden sollte, nachdem wir Burlingtons Leiche entdeckt hatten? Das passt doch nicht zusammen.«

»Es ergibt überhaupt keinen Sinn«, sagte Nathalie. »Nur dadurch, dass der Paketbote die erste Sendung ablieferte, als Miss Maypeny im Geschäft war, haben wir überhaupt erst von ihrem Besuch erfahren. Hätte sie diese Pakete nicht abgeschickt, wüssten wir nichts von ihrer Existenz. Warum macht sie sich selbst zu einer Verdächtigen?«

»Weil es eine *déviation* ist … ein … wie sagt man? Ein Ablenkungsmanöver«, warf Peroux ein und nickte nachdenklich. »Wir sollen uns auf die alte Frau konzentrieren. Wir sollen uns fragen, warum sie das alles so gemacht hat, wie sie es gemacht hat. Wir sollen rätseln, wie sie an diese Vase gekommen ist … ob die Vase echt ist … warum sie sie zu Burlington bringt … Fragen über Fragen, die uns den Blick auf das Wesentliche verstellen. Womöglich 'at sie sogar gewusst, dass sie von den Überwachungskameras in Chelsea gefilmt wird, und darauf gebaut, dass Sie, Constable, versuchen, an diese Bilder zu gelangen. Wenn Sie dann se'en, dass es die gleiche Frau ist, die die Pakete abgeschickt hat, beginnen Sie zu grübeln, warum sie das getan 'at. Dieses Verwirrspiel ist genau das – ein Verwirrspiel.« Er hob den Zeigefinger, um seinen Worten mehr Nachdruck zu verleihen. »Diese Frau da ist ganz sicher eine Komplizin von demjenigen, der Monsieur Burlington und Madame Ritchie auf dem Gewissen 'at, aber *mehr* als eine Komplizin ist sie wiederum nicht. Sie soll uns vom eigentlichen Täter ablenken, und womöglich ist ihr das bereits gelungen.«

»Wie meinen Sie das?«, fragte der Constable.

»*Très simple,* Constable Strutner. Wir 'aben viel Zeit und Mü'e investiert, um dieser Frau auf die Spur zu kommen, und das könnte der Täter genutzt 'aben, um entweder alle belastenden Beweise beiseitezuschaffen oder um sich abzusetzen.«

»Dann … wäre Elinor Ritchie auch so ein belastender Beweis?«, warf Louise ein.

Peroux nickte nachdrücklich. »*Oui,* so scheint es zu sein. Vielleicht kannte sie diese Madame Maypeny, und es musste ver'indert werden, dass sie deren wahre Identität preisgab. Oder sie 'atte durch einen dummen Zufall deren wahre Identität erfahren und wurde dadurch für den Mörder zu einem unkalkulierbaren Risiko. Würde Madame Ritchie noch leben, könnte sie uns vermutlich sagen, wer 'inter der ganzen *affaire* steckt.«

»Wäre dann Steph Brinkley nicht die falsche Fährte, auf die wir gelenkt werden sollen?«, gab Nathalie zu bedenken. »Immerhin hat Elinor Ritchie Ihnen von ihr erzählt.«

»*Correct*, aber niemand weiß davon, dass Madame Ritchie sich mir anvertraut hat, und damit ist Mademoiselle Brinkley für uns eigentlich über'aupt keine Fährte. Wir 'ätten keine Veranlassung, sie als Mörderin von Monsieur Burlington und Madame Ritchie und als Diebin der Dublonen auch nur in Erwägung zu ziehen. Falsche Fährten ergeben nur dann einen Sinn, wenn eine Person bereits grundsätzlich zum Kreis der Verdächtigen gehört. Wenn es keinerlei Verbindung gibt, wird kein Ermittler auf die Idee kommen, solche Personen zu befragen. In diesem Fall wären wir nicht auf die Idee gekommen, Mademoiselle Brinkley zu verdächtigen.«

Nathalie zog die Augenbrauen zusammen. »Ich muss gestehen, dass ich auf halber Strecke den Faden verloren habe, Mister Peroux. Ich habe zwar das Gefühl, dass sich Ihr Argument im Kreis dreht, aber … ich weiß im Moment beim besten Willen nicht, wo ich ansetzen sollte, um das zu widerlegen.«

»Meine Argumente drehen sich nie im Kreis, Mademoiselle Ames«, entgegnete der Belgier selbstbewusst. »Meine Argumente mögen komplex sein, und es mag sein, dass sie sich nicht auf zwei kurze Sätze zusammenstreichen lassen, doch das lässt sich nun einmal nicht ändern.«

»Und wenn man sagen würde, dass Miss Brinkley nur deshalb unter Verdacht steht, weil sie eigentlich nicht unter Verdacht steht?«, schlug Louise vor.

Peroux dachte über ihre Worte nach, schließlich stimmte er ein wenig zögerlich zu: »*Oui*, das wäre die sehr spartanische Fassung, aber im Großen und Ganzen ist das die Essenz meiner Ausführungen.«

»Und was schlagen Sie vor?«, wollte Nathalie wissen.

»Dass wir nicht länger zögern und Mademoiselle Brinkley aufsuchen, um sie festzunehmen«, antwortete er.

»Ich soll sie festnehmen? Einfach so?«, fragte der Constable verwundert. »Dafür müssen wir erst mal stichhaltige Beweise haben.«

»Wir erlauben uns einen Bluff«, erklärte Peroux.

»Unser Bluff ist die Aussage von Madame Ritchie, der zufolge sie gestern Morgen von Mademoiselle Brinkley besucht und niedergeschlagen wurde. Als sie später aus ihrer Ohnmacht erwachte, merkte sie, dass etwas in ihrem 'als feststeckte, das ihr das Atmen fast unmöglich machte – aber nur fast«, erklärte er. »Es ist natürlich nur ein Versuch, aber wenn sie den Köder schluckt, wird sie sich 'erausreden wollen, damit man ihr keinen Mord an'-ängen kann.«

»Dann tischen Sie ihr eine Lüge auf, um sie zum Reden zu bringen«, stellte Nathalie fest.

Peroux nickte und wandte sich an Strutner. »Was sagen Sie, Constable? Fahren wir 'in und nehmen sie fest?«

Der Constable war von den Worten des Belgiers sichtlich mitgerissen worden. Seine Augen leuchteten, was auch Louise nicht entging, die daraufhin Nathalie einen skeptischen Blick zuwarf.

»Wir kommen mit«, erklärte die Köchin und stand auf, dabei nickte sie Nathalie zu.

»Wir müssen nicht zu viert anrücken«, sagte Strutner. »Mister Peroux und ich werden mit dieser Frau schon fertig.«

»Um Miss Brinkley mache ich mir weniger Sorgen, Ronald«, erwiderte sie. »Ich will bloß mit dabei sein, um dich vor dir selbst zu beschützen.«

»Vor mir selbst?«, wiederholte der Constable verwundert. »Was soll das heißen?«

»Das soll heißen, dass ein Polizist bei seiner Arbeit einen kühlen Kopf bewahren sollte. Du bist aber gerade Feuer und Flamme, diese Frau festnehmen zu können, und meine Befürchtung ist, dass du dabei etwas zu forsch vorgehen könntest.«

Strutner schüttelte verständnislos den Kopf. »Meinetwegen. Dann komm halt mit. Ich werde dich nicht daran hindern.«

»Das könntest du auch gar nicht, Ronald«, sagte Louise und strich ihm über die Wange. »Selbst wenn du es wolltest.«

»Dazu haben Sie kein Recht!«, beschwerte sich Steph Brinkley energisch, als der Constable ihr Handschellen anlegte, kaum dass sie auf sein energisches Klingeln hin die Haustür geöffnet hatte. Der Bluff sollte schließlich perfekt sein, um die Frau zum Reden zu bewegen.

Steph war eine schlanke, elegante Frau von Anfang vierzig, die durchaus als ehemaliges Model hätte durchgehen können. Die rotblonden Haare trug sie zu einem langen Zopf geflochten, wodurch ihr anmutiges Gesicht noch stärker betont wurde. Das eng anliegende, kurze Kleid betonte ihre Figur und dabei vor allem ihre langen Beine.

»Doch, das habe ich«, widersprach ihr Strutner. »Ein Mord und ein Mordversuch geben mir das Recht, Sie festzunehmen. Sie stellen eine Gefahr für die Bevölkerung dar, und lieber sperre ich Sie ein, ehe ich das Risiko eingehe, übermorgen irgendwo auf das nächste Opfer zu stoßen!« Er schob sie in Richtung Tür vor sich her.

»Mord? Mordversuch? Was reden Sie da?«, wollte Steph wissen. »Wen soll ich ermordet haben?«

»Das wissen Sie ganz genau«, gab der Constable zurück. »Ihr Pech, dass Ihr zweites Opfer überlebt hat.«

»Welches zweite Opfer?!«, rief sie aufgebracht. »Ich will meinen Anwalt anrufen! Nehmen Sie mir diese verdammten Handschellen ab!«

»Den können Sie später immer noch anrufen«, knurrte Strutner. »Wer direkt mit dem Anwalt droht, hat sowieso meistens irgendwas zu verbergen. Überlegen Sie sich gut, wann Sie worauf bestehen. Kooperieren Sie lieber mit uns, das stimmt auch den Richter meistens etwas gütlicher.«

»Ich habe nichts getan, verdammt!« Die Frau war außer sich vor Wut, konnte sich aber nicht gegen Strutner behaupten. »Sie sollen mich loslassen!«

Unter lautem Protest schob er sie vor sich her aus dem Haus. Ein paar Minuten später war er wieder da. »So, nun kann sie auf der Rückbank weiter schimpfen und toben«, sagte er. »Wir sehen uns jetzt erst mal hier um.«

»Brauchen wir dafür nicht einen Durchsuchungsbefehl?«, fragte Louise ein wenig ironisch.

»Wir durchsuchen ja nichts. Ich will nur sicherstellen, dass sich nicht ein paar von ihren Komplizen hier irgendwo versteckt haben und das Weite suchen, wenn wir wieder gehen. Wenn wir dabei irgendetwas sehen, das als Beweis für Miss Brinkleys Schuld zu werten ist, umso besser.«

»Und davon werden wir sicher mehr als genug finden«, ergänzte Peroux, der gut reden hatte, wie Nathalie fand.

Wenn sich diese Aktion als Schuss in den Ofen entpuppen sollte, würde der Constable als Einziger die

Konsequenzen tragen müssen, und die würden umso gravierender ausfallen, wenn er sich bei seinen Erklärungsversuchen auf Peroux berufen sollte. Es war schon schlimm genug, wenn ein Polizist glaubte, das Recht selbst in die Hand nehmen zu dürfen. Aber wenn er sich von einem Dritten auch noch dazu anspornen ließ …

»Was macht Miss Brinkley eigentlich von Beruf?«, fragte Nathalie, als sie sich mit Louise zusammen im Schlafzimmer umsah. Das war genauso stilvoll wie der Rest des Hauses, das Steph Brinkley hatte bauen lassen. Von außen wirkte es wie ein etwas zu groß geratenes, aber trotzdem altmodisches Cottage, dessen wahre Ausmaße sich erst offenbarten, wenn man sich im Haus befand. Durch dichten Baumbestand zu beiden Seiten konnte man außer der Frontpartie kaum etwas vom Gebäude sehen und damit auch nicht erkennen, wie weit es sich nach hinten erstreckte. Die gesamte in Beigetönen gehaltene Einrichtung war vom Feinsten, aber kein Teil hatte irgendetwas Protziges oder Prahlerisches an sich. Um einschätzen zu können, wie viel Steph für diese Möbel ausgegeben hatte, musste man schon mit dem Marktwert des jeweiligen Designers vertraut sein. Ansonsten sah man in ihnen einfach nur schlichte, funktionale Möbelstücke.

»Sie hat vor Jahren mit geerbtem Vermögen an der Börse spekuliert und dieses Vermögen vervielfachen können«, antwortete Louise. »Jedenfalls ist das die offizielle Version ihrer Vergangenheit. Ob es noch eine andere gibt, kann ich nicht sagen. Gehört habe ich davon jedenfalls noch nie.«

Nathalie stutzte. »War da gerade ein Geräusch?«

»Was für ein Geräusch?«, fragte ihre Köchin.

»Ich weiß nicht. Als hätte jemand eine Tür hinter sich zugemacht, würde ich sagen.« Sie zeigte auf eine Tür zwischen den zwei riesigen Regalen, die bis zur Decke reichten und mit Büchern vollgestellt waren. »Was ist dahinter?«

»Das muss das Badezimmer sein«, sagte Louise.

Nathalie ging hin und öffnete die Tür, dann stand sie in einem komplett in blassem Türkis gehaltenen Bad, das nur sehr spartanisch dekoriert war. »Bingo«, murmelte sie und ging zur zweiten Tür, durch die man zurück in den Flur gelangte. Der war verwaist, da der Constable und Peroux sich im Erdgeschoss umsahen.

»Constable? Mister Peroux? War einer von Ihnen gerade eben im Badezimmer hier oben?«

Nur mit Sekundenbruchteilen Abstand kam von beiden ein »Nein«.

»Okay«, rief sie nach unten und wandte sich erneut dem Badezimmer zu. Die Ansammlung an größeren und kleinen Flaschen, Tiegeln, an Seifen und Shampoos war beeindruckend, zumal auch hier alles von ausgesuchten Herstellern kam, die man weder in einem Supermarkt noch in einem herkömmlichen Drogeriemarkt kaufen konnte.

Nathalies Blick fiel auf eine Plastikflasche, die sich deutlich dadurch vom Rest abhob, dass sie viel zu billig wirkte. Dank der Einweghandschuhe konnte sie bedenkenlos die Flasche anfassen und in Augenschein nehmen. »Spezialleim für Latexmasken. Besonders hautverträglich«, las sie leise vor. »Eigenartig.« Sie stellte die Flasche zurück und wollte schon das Badezimmer wieder verlassen, als sie auf einmal stutzte und stehen blieb. Da war irgendwas gewesen, irgendetwas, das ihrem Unterbewusstsein aufgefallen war, ohne allerdings Alarm zu schlagen.

Dann sah sie, was sie beim ersten Mal nicht richtig wahrgenommen hatte. Auf dem kleinen Abfalleimer, der für gebrauchte Wattepads und benutzte Kosmetiktücher gedacht war, lag etwas, das aussah wie … wie Fleisch. Nathalie nahm die Dinger herunter und legte sie auf den Marmortresen, in den die beiden Waschbecken eingelassen waren.

Sie brauchte einen Moment, ehe sie begriff, dass es sich nicht um blasse Stücke Hühnerbrust handelte, sondern um geformten Latex, der richtig angeordnet nach einem Kinn, einer Nase und zwei Wangenknochen aussah.

Unwillkürlich gingen ihr die Bilder der alten Frau durch den Kopf, die die Überwachungskameras im Seniorenzentrum in Chelsea aufgenommen hatten. »Das darf doch nicht wahr sein«, flüsterte sie, da hörte sie von unten den Constable aufgeregt rufen: »Kommt mal schnell runter! Das müsst ihr euch ansehen!«

Louise kam zu ihr ins Badezimmer. »Haben Sie gehört, Nathalie?«

»Ja, aber hier gibt es auch etwas zu sehen«, erwiderte sie.

»So? Was denn?«

Sie zeigte auf die Latexteile. »Das da.«

»Was ist das?«, fragte Louise.

Nathalie hob den Zeigefinger. »Warten Sie.« Sie nahm die Nase und das Kinn und hielt sich beides vors Gesicht, ohne dabei ihre Haut zu berühren.

Louise bekam einen Moment lang den Mund nicht mehr zu, als sie begriff, wen sie jetzt vor sich hatte. »Das ist ja …«, setzte sie an.

»Mir ist genau das Gleiche durch den Kopf gegangen«, sagte Nathalie und nickte bestätigend, während sie die Maskenteile in ein Kosmetiktuch wickelte. »Scheint so, als wüssten wir jetzt, wer Annabelle Maypeny in Wahrheit ist.«

»Wenn wir das den beiden da unten zeigen, werden die sich bestimmt gegenseitig auf die Schulter klopfen, dass sie ja sooo recht gehabt haben, Miss Brinkley zu verhaften«, meinte Louise und zwinkerte ihr zu. »Na ja, lassen wir ihnen den Spaß. Mister Peroux wird nicht ewig hierbleiben.«

Als sie nach unten kamen, hielt Strutner triumphierend etwas Rundes, golden Schimmerndes hoch. »Seht euch an, was wir gefunden haben.«

»Das 'aben Sie ganz allein gefunden, Constable«, stellte Peroux klar, dem es nichts auszumachen schien, nicht im Rampenlicht zu stehen.

»Ist das etwa noch eine von den Dublonen?«, fragte Louise. »Ich dachte, diese Dinger seien so unglaublich wertvoll.«

»Das sind sie auch, Mademoiselle Cartham«, versicherte ihr der Belgier. »Ihr werter Constable 'at sie dort 'alb unter der Couch liegend entdeckt. Isch vermute, dass ein Komplize von Mademoiselle Brinkley in aller Eile die Münzen zusammengepackt und durch die Tür zum Garten die Flucht angetreten 'at, als wir vor'in geklingelt 'aben. Womöglich 'ält er sich jetzt noch immer irgendwo da'inten versteckt und wartet, dass wir wieder ge'en.«

»Aber selbst wenn der Komplize das Weite gesucht haben soll, kann er diese eine Münze verschmerzen«, sagte der Constable. »Er hat ja immer noch zehn Stück.«

»Vielleicht wird Miss Brinkley ja etwas redseliger, wenn sie hört, dass ihr Kompagnon sich mit einem Vermögen aus dem Staub gemacht hat«, überlegte Nathalie. »Aber ich habe da oben auch etwas Interessantes entdeckt.« Sie hielt ihren Fund hoch.

Beide Männer brauchten ein paar Sekunden, ehe sie verstanden, dass es sich um Teile einer Maske handelte. »Damit hat sie sich in die alte Frau verwandelt?«, fragte Strutner erstaunt.

»Sie selbst oder vielleicht ihr Komplize«, erwiderte sie. »Das müsste man am lebenden Objekt testen, ob Steph Brinkley sich so klein machen kann, dass sie für eine schmächtige alte Dame durchgeht.«

Der Constable zog einen kleinen Plastikbeutel aus der Tasche und hielt ihn auf, damit Nathalie die Latexelemente hineinfallen ließ. »Hervorragend, einfach hervorragend«, sagte er erfreut. »Ich glaube, das alles reicht, um Miss Brinkley für zweifachen Mord vor Gericht zu stellen. Mindestens aber für eine Beteiligung an zwei Morden. Und mindestens Beteiligung an einem schweren Raub. Sie wird für eine ganze Weile hinter Gitter wandern.«

Peroux nickte zufrieden und pflichtete Strutner bei. »Von der Beteiligung wird sie sich nicht freisprechen können, aber isch 'offe, dem Staatsanwalt gelingt der Beweis, dass sie diese Taten auch begangen 'at.«

»Sie könnte allerdings einen Handel versuchen, wenn sie dem Staatsanwalt ihre Komplizen nennt«, gab Louise zu bedenken. »So was kommt ständig vor.«

»Ja, isch weiß«, grummelte der Belgier. »Es ist eine Schande, dass sich Kriminelle zumindest zum Teil von ihrer Schuld freikaufen können. Auf diese Weise können sie ihren Komplizen eine viel größere Beteiligung an einem Verbrechen zuschreiben und ihre eigene Rolle kleinreden, um mit einer geringeren Strafe davonzukommen.«

»Tja, jedes System hat seine Vor- und Nachteile«, sagte der Constable. Er deutete auf die Haustür. »Kommen Sie, Mister Peroux, wir bringen jetzt unsere Doppelmörderin zur Wache.«

»Mit dem größten Vergnügen, Monsieur Strutner.« Er tippte an seinen Hut. »Die Damen.« Dann folgte er dem Constable nach draußen.

Nathalie und Louise verließen ebenfalls das Haus und sahen Strutner und Peroux hinterher, wie sie mit Steph Brinkley wegfuhren. »Wie seltsam unspektakulär sich das Ganze aufgeklärt hat«, sagte Nathalie.

»Ja, das ist eigenartig«, stimmte Louise ihr zu. »Ich war davon überzeugt, dass das eine falsche Fährte ist und dass Miss Brinkley mit der Sache nichts zu tun hat.«

»So kann man sich täuschen«, meinte Nathalie.

In diesem Moment klingelte Louises Smartphone. Sie nahm den Anruf an und schaltete auf Lautsprecher. »Cartham hier.«

»Miss Cartham, hier spricht Constable Farouk«, meldete sich eine junge Frauenstimme. »Ich habe versucht, Constable Strutner zu erreichen, aber da geht nur die Mailbox ran. Und laut seiner Ansage soll man in dringenden Fällen Ihre Nummer wählen.«

»Ja, das ist richtig. Wie kann ich Ihnen helfen?«

»Ich glaube eher, dass ich Ihnen helfen kann«, erwiderte die Polizistin. »Constable Strutner hat heute Vormittag ein Video an einen größeren Mailverteiler verschickt, das eine alte Frau zeigt, die zwei Pakete an einen Kurierfahrer übergibt.«

»Ja, richtig. Was ist damit?«

»Nun, wir stehen momentan am Bahnhof von Whitehill und nehmen einen Unfall auf«, erklärte Constable Farouk. »Dabei sind wir auf etwas gestoßen, das diese … Frau betrifft.«

»Können Sie das etwas genauer erklären?«, fragte Louise.

»Nun, Miss Cartham … ich glaube, Sie sollten sich das lieber ansehen. Vielleicht können Sie sich ja einen Reim darauf machen.«

Louise zog irritiert eine Augenbraue hoch. »Whitehill, am Bahnhof, sagten Sie?«

»Ja, auf dem Pendlerparkplatz.«

»Gut, ich komme rüber. Das wird aber ungefähr eine Stunde dauern.«

»Kein Problem, wir laufen in der Zwischenzeit nicht weg«, gab die Polizistin gut gelaunt zurück.

Nachdem das Gespräch beendet war, sah sie Nathalie an. »Ich nehme an, Sie …«

»Natürlich will ich dabei sein«, antwortete Nathalie. »Wir nehmen meinen Wagen, das ist einfacher. Sie müssen mir nur den Weg erklären.«

»Das ist der Wagen«, erklärte Constable Farouk und zeigte auf den weinroten Ford Sierra, der einen ziemlich ramponierten Eindruck machte. Nathalie nahm das Aussehen des Wagens aber nur beiläufig zur Kenntnis, da sie sich immer noch wunderte, wie eine so zierliche, kleine Frau wie Constable Farouk es in den Polizeidienst geschafft hatte. Sie war bestenfalls einen Meter sechzig groß, und die Dienstmütze, die einen Polizisten normalerweise größer und auch ein bisschen einschüchternder wirken ließ, sorgte in Farouks Fall dafür, dass sie unter dieser Mütze völlig zu verschwinden schien.

»Der Herr in dem SUV da drüben ist rückwärts von diesem Stellplatz dort gefahren und hat mangels Sicht nach hinten den Sierra gerammt. Die Folge war dieses stark eingedrückte Heck, während der SUV mit zwei kleinen Schrammen davongekommen ist«, redete sie weiter. »Als wir hier eintrafen, war der Kofferraumdeckel zwar noch geschlossen, aber nicht mehr verriegelt. Wir haben ihn geöffnet, um eventuell vorhandene Wertgegenstände sicherzustellen, damit niemand sich hätte bedienen können. Dabei haben wir das entdeckt.« Gleichzeitig klappte sie den Kofferraumdeckel hoch.

Louise und Nathalie warfen einen Blick in den Kofferraum und wollten ihren Augen nicht trauen. »Aber das ist ja …«, begann die Köchin.

»Durch den Zusammenstoß muss wohl dieser Pilotenkoffer umgekippt und aufgegangen sein«, erklärte die Polizistin. »Darum dieses Durcheinander.«

»Wem gehört der Wagen?«, wollte Nathalie wissen.

»Wir haben bereits eine Halterfeststellung vorgenommen, herausgekommen ist dabei das hier.« Die junge Frau hielt ihnen ein Tablet hin. »Ist Ihnen diese Person bekannt?«

»Ja, die haben wir schon mal gesehen«, bestätigte Louise. »Sehr interessant, wirklich hochinteressant. Das war gut, dass Sie mich angerufen haben. Das da«, sie zeigte in den Kofferraum, »kommt uns nämlich wie gerufen.«

Nathalie stieß sie an und sagte: »Louise, sehen Sie sich den SUV mal genauer an.«

Louise drehte sich um und betrachtete das schwarze Ungetüm. »Was ist damit?«

»Das Kennzeichen.«

»Das Kennzeichen?«, wiederholte die Köchin, dann stutzte sie, sah Nathalie an, und dann mussten beide Frauen lauthals lachen.

»Was ist mit dem Kennzeichen?«, wollte die Polizistin wissen.

»Das ist eine lange Geschichte«, antwortete Louise amüsiert. »Wenn der Fall abgeschlossen ist, sind Sie herzlich nach Earlsraven ins Black Feather eingeladen. Dann werden wir Ihnen die Geschichte gern erzählen.«

»Darauf bin ich jetzt schon gespannt«, sagte Constable Farouk und deutete auf den Sierra. »Den kann ich wohl sicherstellen lassen, oder?«

»Auf jeden Fall«, bestätigte Louise und zog ihr

Smartphone aus der Tasche. »Aber erst muss ich noch ein paar Fotos machen, sonst wird Constable Strutner mir das nicht glauben wollen.« Sie fotografierte den Wagen und ließ sich von der Polizistin die Halterauskunft auf ihr Smartphone schicken. »Okay, dann können wir uns auf den Rückweg machen.«

Als sie zu Nathalies Wagen gingen, sagte sie zu Louise: »Ich weiß nicht, ob Ihnen schon eine Taktik vorschwebt, aber mir ist eben eine Idee gekommen, wie wir vorgehen könnten.«

»Ich bin ganz Ohr.«

Neuntes Kapitel, in dem die Karten neu gemischt werden

Am nächsten Morgen saßen Nathalie, Louise und Peroux auf der Terrasse und feierten nachträglich ihren Ermittlungserfolg mit einem Glas Champagner. Peroux gab Anekdoten aus seiner langen Karriere als Privatdetektiv zum Besten und erzählte voller Stolz, mit welchen Methoden er die Täter überführt hatte.

Er war gerade mitten in einer seiner Geschichten, als Constable Strutner mit seinem Wagen auf den Parkplatz des Black Feather fuhr, Colonel Jackson aussteigen ließ und dann mit dem Hund zu ihnen an den Tisch kam.

»Constable, isch freue mich, Sie zu se'en«, begrüßte Peroux ihn, lüftete kurz seinen Hut und gab ihm die Hand. »Isch 'offe, Ihr Vorgesetzter 'at Ihnen bereits angekündigt, Sie für eine Beförderung vorzuschlagen.«

Strutner winkte ab. »Ach, ich will gar keine Beförderung, wissen Sie? Die bedeutet eine Gehaltserhöhung, aber die ist für die Planstelle hier in Earlsraven nicht vorgesehen, und das würde bedeuten, dass man mich versetzen müsste. Aber das möchte ich gar nicht.« Er zuckte mit den Schultern. »Außerdem kann ich froh sein, dass ich überhaupt noch bei der Polizei bin, nachdem ich mir diesen Schnitzer geleistet habe.«

»Einen Schnitzer?« Peroux stutzte. »Welchen Schnitzer haben Sie sich denn geleistet?«

»Na, die Festnahme von Steph Brinkley natürlich«, sagte der Constable und sah betreten in die Runde. »Sie wird wohl von einer Klage gegen die Polizei absehen, allerdings muss ich mich noch in aller Form bei ihr entschuldigen.«

Peroux schüttelte den Kopf. »*Excusez-moi*, Constable, aber isch fürchte, isch kann Ihnen nicht folgen. Was ist mit Steph Brinkley?«

»Na ja, sie ist unschuldig.«

»Was?«, rief der Belgier. »Wer be'auptet denn so etwas?«

»Ihr Bruder Brian. Er hat gestern von der Verhaftung erfahren, und zwei Stunden später ist er mit seinem Anwalt zur Polizei gegangen und hat sich gestellt.«

»Aber …«, begann Peroux und verstummte gleich wieder.

»Seine Schwester war die letzten zwei Wochen im Urlaub auf Ibiza, sie war erst gestern nach Hause gekommen«, erklärte der Constable. »An dem Alibi gibt es nichts zu rütteln. Es war Brian, der sich bei ihr heimlich einquartiert und die Morde begangen hat. Er hat bereits alles gestanden.«

Der Belgier saß da und starrte Strutner an, als würde er zwar jedes Wort hören, aber nicht ein einziges verstehen. Er presste Daumen und Zeigefinger auf den Nasenrücken, so als wollte er gegen plötzlich auftretende Kopfschmerzen ankämpfen oder ein Schwindelgefühl unterdrücken.

»Ist Ihnen nicht gut, Mister Peroux?«, fragte Nathalie besorgt.

»Isch … isch bin einfach nur verwirrt, wie isch so falschliegen konnte«, flüsterte er und atmete wiederholt tief ein und aus. »Das ist so … so peinlich.«

»Ach, kommen Sie, Mister Peroux«, versuchte Strutner ihn aufzumuntern. »Es hätte noch viel peinlicher werden können.«

Peroux zuckte ratlos mit den Schultern. »Und wie?«

»Stellen Sie sich vor, die Münzen waren gar nicht echt«, antwortete er und fügte breit grinsend hinzu: »Da sieht man mal, was für ein Fachmann dieser Burlington war. Unser Spezialist für Münzen, Henry Hattersfield, hat nicht mal richtig hinsehen müssen, um es ein bisschen überspitzt auszudrücken. Sie hätten sich schwarzgeärgert, dass Sie für so einen billigen Mist die Reise hierher unternommen haben. Hattersfield hat sich vor Lachen gekrümmt, als er sich letzte Nacht die beiden Münzen angesehen hat, die wir gefunden haben …«

»*Non, non, non*«, widersprach ihm Peroux mit Nachdruck, während Strutner schadenfroh zu lachen begann. »Die Münzen sind echt. *Alle* sind echt!«

»Bedaure, Mister Peroux, aber Hattersfield ist eine Koryphäe, und wenn er eine falsche Münze oder einen Schein hingehalten bekommt, dann sieht er das auch schon auf fünf Meter Entfernung. Dieser Mann ist ein Genie. Als ich ihm die beiden Münzen zeigte, sagte er, ich solle doch schon mal die Alufolie abmachen, dann könnten wir den Schokoladentaler unter uns aufteilen.« Sie brachen alle in ausgelassenes Gelächter aus, nur Peroux verstand die Welt nicht mehr.

»Das muss ein Irrtum sein, Constable!«, protestierte der Belgier. »Diese Münzen sind echt! Es sind die falsch geprägten Dublonen!«

»Mister Peroux, finden Sie sich damit ab«, meinte Nathalie gönnerhaft. »Selbst den größten Genies unterläuft schon mal ein Fehler.«

»Henry sagt«, fiel Strutner ihr prustend ins Wort, »dass man schon ein blutiger Anfänger sein muss, wenn man solche Münzen für echt hält. Da blättert die Goldfarbe ab, wenn man mit dem Fingernagel drüberkratzt. Henry sagt …«

»Ihr verdammter Henry ist ein hirnverbrannter Idiot! Dieser Mann ist unfähig hoch drei!«, polterte Peroux mit hochrotem Kopf los und sprang von seinem Stuhl auf. »Ihr Kollege sollte seine Augen und seinen Verstand untersuchen lassen! Diese zwölf Münzen sind die echten Dublonen! Ich habe jede einzelne von ihnen …« Abrupt verstummte er, presste die Lippen zusammen und stand einfach nur da, während die Zornesröte auf seinem Gesicht zu einer kränklich wirkenden Blässe wechselte.

»Was wollten Sie gerade so wunderschön akzentfrei und mit allen H-Wörtern korrekt ausgesprochen sagen, Mister Peroux? Sie haben jede einzelne Münze begutachtet, die Sie aus dem Safe geholt haben, nachdem Sie Mister Burlington mit dem Samuraischwert die Kehle durchtrennt hatten? War es das, was Sie sagen wollten, Mister Peroux?«, fragte der Constable. »Oder darf ich Sie Craig Gregory nennen?«

Peroux atmete laut seufzend aus und nickte wie ein Mann, der erkannt hatte, dass ihm nichts anderes mehr übrig blieb, als sich seinem Schicksal zu fügen. Eine Weile starrte er vor sich hin, dann sah er der Reihe nach Nathalie, Louise und den Constable an. »Verraten Sie mir, was ich falsch gemacht habe?«

»So ungern ich das als Polizist sage, Mister Gregory«, antwortete Strutner, »muss ich Ihnen trotzdem attestieren, dass Sie nichts falsch gemacht haben und dass Sie fast mit zwei Morden und den zehn verbliebenen Münzen davongekommen wären. Sie hatten einfach nur Pech, dass Ihr Wagen auf dem Pendlerparkplatz am Bahnhof von Whitehill von einem anderen Fahrzeug gerammt wurde und meine dortigen Kollegen einen Blick in Ihren Kofferraum werfen konnten. Interessante Sammlung, die sie da gefunden haben. Die angeblich so seltene Harlekinvase, die in Wahrheit eine Fälschung ist, wenngleich auch eine gute. Die komplette Kleidung der ›alten Frau‹, der Gipskopf, der Ihre Gesichtszüge trägt, die Latexteile, mit denen Sie sich eine spitze Nase, ein spitzes Kinn und hohe Wangenknochen verpasst haben.«

»Diese Verkleidung an sich spricht ja schon für ein gewisses Können, aber als gelernter ehemaliger Maskenbildner besitzen Sie das schließlich auch«, meldete sich Louise zu Wort. »Was aber wirklich beeindruckend ist, das ist Ihre körperliche Verwandlung. Wenn man nicht weiß, dass Sie es sind, würde man niemals etwas anderes denken, als dass man eine alte, etwas gebrechliche Frau vor sich hat, die froh ist, dass es heute mit dem Gehen mal etwas besser klappt als an anderen Tagen. Diese kleine ›Wampe‹, die Sie unter Ihrem Hemd zur Schau tragen, dürfte wohl nur ein Polster sein, das Sie nach Belieben ablegen können …«

»… wenn Sie zum Beispiel als Jogger bei Mrs. Ritchie auftauchen, die Sie wiedererkennt und Sie ins Haus lässt«, ergänzte Nathalie, »wo sie dann von Ihnen bewusstlos geschlagen wird, damit Sie ihr die Münze in den Hals drücken können. Den Jogginganzug können Sie davor und danach mühelos in Ihrer kleinen Aktentasche verstauen, die Sie immer bei sich tragen und in der Sie ganz sicher auch die Münzen versteckt haben – genau vor unserer Nase. Dass Sie Mrs. Ritchie tags zuvor im Jim's Old Chair begegnet sind, das entspricht auch der Wahrheit, aber die Geschichte vom Streit zwischen Miss Brinkley und Mr. Burlington war eine Erfindung von Ihnen, um den Verdacht auf Miss Brinkley zu lenken.«

»Und als wir bei ihr im Haus waren, hatten Sie leichtes Spiel, die Münze unter dem Sofa zu deponieren und diese Teile Ihrer Maske in Miss Brinkleys Badezimmer zu schaffen«, sagte der Constable. »Miss Ames hatte nämlich Sie im Badezimmer gehört und daraufhin nach unten gerufen, ob einer von uns gerade eben oben gewesen war. Sie hatten mich in den Keller gehen sehen und wussten, Sie würden Zeit genug haben, in den ersten Stock zu laufen.«

»Überhaupt war die Aktion mit der alten Frau tatsächlich nur ein Verwirrspiel, wie Sie selbst gesagt haben«, fügte Nathalie an. »Sie haben uns alle geschickt auf irgendwelche Fährten gelenkt und sind ihnen selbst auch noch eifrig nachgegangen, obwohl Sie wussten, dass nichts dabei herauskommen konnte – und alles nur, um Steph Brinkley zwei Morde anzuhängen.«

»Momentan wird Ihre Wohnung in Manchester durchsucht«, ergänzte Strutner. »Nach der ersten Rückmeldung, die ich von den Kollegen bekommen habe, sind Sie der Trickbetrüger, der als ›das Chamäleon‹ sein Unwesen treibt. Allerdings werden Ihnen bislang nur Taten zugeschrieben, bei denen Sie Ihre gutgläubigen Opfer um Geld oder Waren erleichtert haben, aber noch nie eine Gewalttat und erst recht kein Mord. Wieso morden Sie jetzt zweimal und schieben die Schuld einer Frau in die Schuhe, zu der allem Anschein nach keine Verbindung besteht?«

Gregory nahm den Hut ab und zog den falschen Schnauzbart von der Oberlippe, er legte die Jacke ab, knöpfte das Hemd auf und schnallte den falschen Bauch ab, den er neben sich auf den Boden legte. »Unter dem Ding schwitzt man brutal.« Er atmete schnaubend durch. »Constable, Miss Ames, Miss Cartham, ich möchte Ihnen gratulieren, dass es Ihnen gelungen ist, mich zu durchschauen, auch wenn Ihnen das nur durch den Fahrfehler eines Unbeteiligten ermöglicht wurde, wenn Sie mir diese kleine Spitze erlauben. Dass Sie keine Verbindung zwischen Steph Brinkley und mir herstellen können, ist auch richtig, jedenfalls dann, wenn es um ›Steph Brinkley‹ geht. Vor zehn Jahren kannte ich sie als Trixi Bennett, sie gehörte zu einer Gruppe von sechs Leuten, der auch ich angehörte. Wir zogen einen Goldraub durch, der für uns alle bedeutete, für den Rest unseres Lebens nie wieder arbeiten zu müssen.«

»Welcher Goldraub war das?«, fragte der Constable sofort und zückte Block und Stift, um Notizen zu machen.

Gregory winkte ab. »Sie werden nichts über den Raub finden, weil das Opfer ihn nie angezeigt hat.«

»Wer lässt sich so viel Gold rauben, ohne zur Polizei …«, begann Louise, winkte dann aber ab. »Verstehe.«

»Der Mann, der damals um unsere Hilfe bat, weihte uns nicht in die wahren Dimensionen des Betrugs ein, den wir für ihn vorbereiten sollten. Er hatte sich bei der Anzahl der Millionen, die dabei auf seine Konten flossen, ein wenig … sagen wir, er hatte sich verkalkuliert, denn statt sieben Millionen wurde die Versicherung um siebenhundert Millionen erleichtert … was die Versicherung im Übrigen auch nie öffentlich bekanntgegeben hat, weil diese Millionen an den Finanzbehörden vorbei erwirtschaftet worden waren. Wer zeigt schon den Diebstahl seiner schwarzen Kasse an? Und welche Versicherung zahlt schon für so etwas? Wir wollten natürlich einen größeren Anteil für uns herausholen, weil der Auftraggeber uns eine prozentuale Belohnung versprochen hatte.« Gregory zuckte mit den Schultern. »Was soll ich sagen? Er wollte nicht zahlen, also haben wir uns genommen, was uns zustand. Tja, und dann hat sich Trixi Bennett mit meinem Anteil und dem Anteil eines … Kollegen aus dem Staub gemacht. Ich wollte sesshaft werden, ich hatte ein Haus gekauft, das ich mit meinem Anteil bezahlen wollte. Aber mein Anteil war weg.«

Nathalie schüttelte den Kopf. »Aber Sie müssen doch gewusst haben, wo Sie sie finden konnten. Sie haben ja immerhin gemeinsam den Plan ausgearbeitet, um sich Ihren Anteil zu beschaffen.«

»Sehen Sie, Miss Ames«, erklärte Gregory geduldig und gelassen. »Wenn ich mit jemandem zusammenarbeiten soll, dann erkundige ich mich über ihn, um einschätzen zu können, ob ich demjenigen vertrauen kann oder nicht. Miss Brinkley hatte ganze Arbeit geleistet und speziell für diesen Auftrag die Figur der Trixi Bennett erschaffen, deren Identität sie annahm. Alle Nachfragen und Recherchen ergaben, dass Trixi Bennett vertrauenswürdig war.«

»Nur war sie das leider nicht«, fügte Louise an.

»Nicht nur das. Nachdem sie mit drei von sechs Anteilen an der Beute untergetaucht war, blieb sie auch untergetaucht. Trixi Bennett hörte im gleichen Moment auf zu existieren. Niemand wusste, wer sie wirklich war. Ich habe Jahre gebraucht, um hinter ihre wahre Identität zu kommen. Das lag vor allem daran, dass ich ohne Geld dastand und ein Haus abbezahlen sollte. Dadurch fehlten mir die finanziellen Mittel, um den richtigen Leuten die Summe zu zahlen, die sie für Informationen verlangen.«

»Und wie sind Sie dann darauf gekommen, dass sie in Earlsraven ist?«, wollte Nathalie wissen.

»Vor ein paar Monaten wurde über eine Bande berichtet, die dieses Dörfchen hier als Umschlagplatz für gestohlene Gemälde benutzt hat. Was genau hier passiert ist, habe ich dann nicht mehr mitbekommen, weil ich sie entdeckt hatte.«

»Trixi Bennett.«

Er nickte bestätigend. »Sie hatte zwar ihr Aussehen ein wenig verändert, aber sie ist keine Verwandlungskünstlerin. Sie war einfach Trixi Bennett mit anderer Frisur und anderer Haarfarbe, weiter nichts. Ich bin daraufhin ein paar Mal hergekommen, immer wieder anders verkleidet, bis ich dann endlich Trixi entdeckte. Ich fand heraus, wie sie wirklich heißt, wo genau sie wohnt, ich machte mich mit den Gegebenheiten in Earlsraven vertraut, und dann überlegte ich mir einen Plan, wie ich Steph Brinkley alias Trixi Bennett ruinieren konnte, ganz so, wie sie mich ruiniert hatte.«

Louise zog eine Augenbraue hoch. »Dann hatten Sie es nicht auf ihr Vermögen abgesehen?«

»Nein, überhaupt nicht. Ich hatte da bereits die Dublonen im Visier. Ich wusste, wer sie hatte, und ich musste nur mit ein paar wechselnden Identitäten den Besitzer dazu veranlassen, die Münzen zu Burlington zu bringen, damit der für sie einen Käufer finden konnte. Als ich erfuhr, dass die Münzen bei ihm angekommen waren, meldete ich mich ganz zufällig bei ihm. Er nahm mir mein grenzenloses Fachwissen ab, und dann betrat erstmals Miss Annabelle Maypeny die Bühne. Den Rest der Geschichte kennen Sie ja.«

»Da fällt mir ein, einen Fehler haben Sie ja doch gemacht«, sagte Nathalie. »Sie sind auf Ihren eigenen Trick hereingefallen, einen Verdächtigen so wütend zu machen, dass er die Beherrschung verliert und sich dann selbst verrät.«

Gregory nickte anerkennend. »Sie haben gut aufgepasst, Miss Ames. Sie alle haben das gut gemacht.«

Louise sah den Constable an. »Ein Lob von einem Verbrecher. Kommt so was oft vor?«

Strutner lächelte sie an. »Leider passiert das viel zu selten.«

»Tja, das war es dann wohl«, murmelte Gregory. »Könnten Sie, wenn Sie mich jetzt festnehmen, mich meinem Vorbild entsprechend würdevoll abtreten lassen, also ohne Handschellen?«

Der Constable lächelte ihn an. »Erstens, lieber Mr. Gregory, könnte ich das nicht guten Gewissens machen, weil Sie Ihr großes Vorbild missbraucht haben, um hinter der Fassade des ehrenwerten Gentlemans zwei brutale Morde zu begehen. Zweitens war das Chamäleon landesweit tätig und ist damit ein Fall für Scotland Yard. Die beiden netten Herren am Nebentisch werden Sie nach London bringen. Natürlich auf Staatskosten.«

Gregory drehte sich zum besagten Tisch um und sah die beiden Männer dort sitzen, einen ziemlich untersetzten Typ und seinen ziemlich schmalen Kollegen, der neben dem deutlich übergewichtigen Mann fast unterernährt wirkte.

»Na großartig«, seufzte er. »Hercule Poirot wird von Laurel und Hardy verhaftet. Was für eine Ironie. Das größte Genie unter den Detektiven und die beiden trübsten Tassen im Schrank.«

»Ich wüsste ja etwas, das noch viel ironischer ist«, sagte Nathalie und konnte sich ein Grinsen nicht verkneifen.

»Und das wäre?«

»Der Wagen, der beim Ausparken Ihren Wagen gerammt hat … wissen Sie, woher der kam?«

Gregory zuckte mit den Schultern. »Ich habe keine Ahnung.«

»Aus Belgien.«

Wieder musste er seufzen. Lautes Gelächter verfolgte ihn, als die beiden Männer von Scotland Yard ihm Handschellen anlegten und ihn zu ihrem Dienstwagen brachten.

Epilog, in dem eine unerwartete Wendung Nathalie hilft, das Andenken ihrer Tante in Ehren zu halten

Als nach der Mittagszeit die Hektik im Pub deutlich nachließ, kam Louise ins Büro, wo Nathalie gerade damit befasst war, die Eingangsrechnungen zu kontieren und mit Kostenstellen zu versehen, damit die Kosten auch tatsächlich dem Bereich zugerechnet wurden, der sie verursachte.

»Lassen Sie den Buchhalter eigentlich auch noch irgendwas machen?«, fragte sie, als sie Nathalie gegenüber Platz nahm und sich genüsslich streckte. »Ridgeway kassiert doch so viel, da könnte er auch kontieren.«

»Der kassiert nicht mehr lange. Ich habe nämlich feststellen müssen, dass er Rechnungen vom gleichen Getränkelieferanten mal so und mal so verbucht hat. So was geht nicht, weil ich dann keine zwei Werte mehr miteinander vergleichen kann. Aber noch ärgerlicher ist die Art und Weise, wie er die Kosten auf die Kostenstellen verteilt. So kann kein Mensch vernünftig kalkulieren. Ich werde jetzt eine Buchhalterin engagieren, die auf Rechnung arbeitet und nur erfasst, was ich kontiert habe. Das lassen wir drei Monate parallel zu unserer Buchhaltung außer Haus laufen, danach werde ich die Zahlen vergleichen. Wenn die Summen übereinstimmen, weiß ich, dass alles richtig verarbeitet wird, und dann werden wir das nur noch intern erledigen. Das spart uns eine Menge Geld.« Mit einem ironischen Lächeln fügte sie hinzu: »Sollte Ridgeway deswegen von einem 7er- auf einen 5er-BMW umsteigen müssen, wird er das sicher verschmerzen.«

»Davon bin ich überzeugt«, stimmte Louise ihr zu. »Übrigens hat Ronald vorhin angerufen. ›Monsieur Peroux‹ ist sicher in London angekommen. Den sehen wir so bald nicht wieder.«

Nathalie setzte eine skeptische Miene auf. »Da wäre ich mir nicht so sicher. Der bringt es fertig und tauscht im Gerichtssaal mit seinem Anwalt den Platz, um dann unbehelligt rauszuspazieren und wieder zu verschwinden.«

»Tja, wenn er nicht zwei Menschen auf dem Gewissen hätte und fast noch das Leben von Steph Brinkley ruiniert hätte, könnte man ihn für seine Raffinesse eigentlich bewundern. Aber so …«

»Apropos Steph Brinkley. Ronald hat mit Scotland Yard geredet, aber da konnte man nichts über sie finden. Eine Trixi Bennett kennt auch niemand, also kann ihr niemand irgendetwas nachweisen. Da sie Ronald gegenüber vehement bestreitet, jemals an einem Goldraub beteiligt gewesen zu sein, gibt es weder einen Beweis für die Geschichte, die uns Gregory erzählt hat, noch lässt sich belegen, dass sie tatsächlich diese Trixi Bennett ist. Es ist durchaus denkbar, dass Gregory sich das nur eingeredet hat, weil er sich endlich an jemandem rächen wollte und weil sie seiner Meinung nach dieser Trixi so ähnlich sieht.«

Ein Klopfen an der Tür unterbrach sie.

»Ja, bitte?«, rief Nathalie.

Die Tür ging auf, Bill Purvis kam herein. »Die Damen«, sagte er und tippte mit zwei Fingern an seine Stirn.

»Mister Purvis, was führt Sie her?«, fragte Nathalie und fügte im Spaß an: »Ich hoffe, Sie haben nicht einen Käufer für meine Möbel gefunden, der noch heute Abend alles abholen will.«

»Nicht ganz«, sagte er und legte ihr einen gefalteten Zettel auf den Schreibtisch.

Sie nahm den Zettel, faltete ihn auseinander und betrachtete die fünfstellige Zahl. »Was ist das? Soll ich da anrufen?«

»Das ist die Summe, die Sie von Orin Batsetakis bekommen, wenn Sie ihm die komplette Wohnungseinrichtung so überlassen, wie sie da steht«, erklärte er. »Vorbehaltlich der Erinnerungsstücke, von denen Sie sich wirklich nicht trennen wollen.«

»Für so viel Geld?«

»Sie könnten mehr herausholen, Miss Ames«, sagte er und nickte bekräftigend.

»Mehr? Wieso noch mehr?« Sie sah den Entrümpler erstaunt an.

»Weil Batsetakis die Einrichtung als Kulisse für eine vierzigteilige Fernsehserie benutzen wird, die über vier Jahre hinweg laufen wird. Und zwar garantiert. Der Sender hat sich verpflichtet, die Serie komplett zu zeigen, selbst wenn die Quoten nach der dritten Episode im Keller sein sollten. Batsetakis will unbedingt Ihre Einrichtung dafür haben.«

»Ich dachte, ich hätte den Mann verärgert.«

»Ganz im Gegenteil, Sie haben ihn tief beeindruckt«, erklärte Purvis. »Er mag Leute, die ihm ihre Meinung sagen, und das haben Sie gemacht.« Er zeigte auf den Zettel. »Batsetakis will Sie nicht drängen, aber er braucht bis Mittwoch Ihre Zusage oder Absage, weil er sonst anderweitig auf die Suche gehen muss. Da die Produktion in drei Wochen anläuft, muss das alles schnell über die Bühne gehen.«

»Okay, ich … ich sage Ihnen am Montag Bescheid«, erwiderte Nathalie. »Sie können ihn ja mal durch die Blume wissen lassen, dass ich sehr an den Sachen hänge.« Dabei zwinkerte sie ihm zu.

»Von mir aus gern, dann fällt meine Provision höher aus«, sagte er, »die ich von Batsetakis für die Vermittlung bekomme, nicht von Ihnen.«

»Am Montag telefonieren wir«, wiederholte sie und lächelte ihm zu. »Schönes Wochenende.«

»Danke, Ihnen beiden auch.« Dann zog Purvis die Tür hinter sich zu.

Nathalie hielt den Zettel so, dass Louise den Betrag darauf sehen konnte. »Wow«, machte die nur.

»Finde ich auch. Ein kleines Wow mehr, dann werde ich einschlagen. Nicht dass ich unbedingt noch mehr dafür bekommen muss, immerhin hätte es ja auch sein können, dass ich Purvis noch dafür bezahlen muss, dass die Möbel überhaupt wegkommen. Aber diese Fernsehleute schmeißen das Geld für so viel Mist raus, da können sie hier auch noch ein bisschen großzügiger sein.«

»Richtig so«, fand Louise. »Und das Schönste daran

ist, dass alles so erhalten bleibt und ein Millionenpublikum zu sehen bekommt, wie Henrietta gelebt hat. Ich glaube, das hätte ihr gefallen.« Sie sah auf ihre Armbanduhr. »Oh, ich muss los.«

»Termin?«

»Einladung zum Abendessen«, antwortete Louise knapp.

»Lassen Sie mich raten. Sergej?«

Ihre Köchin nickte und setzte eine finstere Miene auf. »Er lässt nie was anbrennen.«

»Dann hat er ja was mit Ihnen gemeinsam, Louise. Als Köchin lassen Sie auch nie was anbrennen«, sagte Nathalie, die sich diese Bemerkung einfach nicht verkneifen konnte.

»Haha«, machte Louise. »Ich habe auch nur eingewilligt, damit ich das hinter mir habe.«

»Viel Spaß«, rief Nathalie ihr nach. Das Leuchten in Louises Augen hatte ihr deutlich genug verraten, dass diese Frau sich über Sergejs Anruf viel mehr freute, als sie zugeben wollte.

Lächelnd legte sie den Zettel mit Batsetakis' Angebot zur Seite und schaute aus dem Fenster. Die Vogeltränke auf dem Rasen, die wegen der warmen Witterung zweimal am Tag mit Wasser aufgefüllt wurde, war wie an jedem Tag gut besucht und wurde von allen Vögeln, von den winzig anmutenden Meisen bis hin zu den Elstern, angenommen. In diesem Moment war ein Amselmännchen damit beschäftigt, die Tränke als private Badewanne zu benutzen. Unter heftigem Flügelschlagen schoss das Wasser in hohen Fontänen aus dem kleinen Becken. Als das Bad beendet war, flog die Amsel meckernd davon.

»Ich hoffe, das war als Dankeschön gemeint«, murmelte Nathalie amüsiert, »und nicht als Beschwerde, dass es weder Seife noch Handtücher gibt.« Dann widmete sie sich wieder ihrer Arbeit.

ENDE

Die Community für alle, die Bücher lieben

In der Lesejury kannst du

- ★ Bücher lesen und rezensieren, die noch nicht erschienen sind
- ★ Gemeinsam mit anderen buchbegeisterten Menschen in Leserunden diskutieren
- ★ Autoren persönlich kennenlernen
- ★ An exklusiven Gewinnspielen und Aktionen teilnehmen
- ★ Bonuspunkte sammeln und diese gegen tolle Prämien eintauschen

Jetzt kostenlos registrieren: www.lesejury.de

Folge uns auf Instagram & Facebook:
www.instagram.com/lesejury
www.facebook.com/lesejury